Y

LE
THEATRE
DE Mr. DE RIVIERRE.

Le prix eſt de 50. ſols.

A PARIS,

Chez PIERRE RIBOU, à la deſcente du Pont-Neuf, prés des Auguſtins, à l'Image S. Loüis.

──────────────

.M. D. XCCIV.
Avec Approbation & Privilege du Roy.

LE FAUX

HONNESTE-HOMME,

COMEDIE.

Par le Sieur DE RIVIERE.

Le prix est de 20. sols.

A PARIS,

Chez PIERRE RIBOU, proche
les Augustins, à la descente du Pont-
neuf, à l'Image S. Louis.

M. DCCIII.

Avec Approbation & Privilege du Roy.

J'AY lû par ordre de Monseigneur lo Chancelier la Comedie intitulée, *Le Faux Honnête-Homme* : & j'ay crû que l'Impression en seroit agreable au public. FAIT à Paris le 15. Avril 1703.

Signé FONTENELLE.

※※※※※ ※※※ ※※※※

Privilege du Roy.

LOUIS par la grace de Dieu, Roy de France & de Navarre : A nos amez & feaux Conseiller, les Gens tenans nos Cours de Parlement, Maistres des Requestes ordinaires de nostre Hôtel, grand Conseil, Prevost de Paris, Baillifs, Seneschaux, leurs Lieutenans Civils, & autres nos Justiciers qu'il appartiendra ; SALUT. Le Sieur DE RIVIERE Nous ayant fait remontrer qu'il auroit cy-devant donné au Public quelques Ouvrages de sa composition, *Les Amusemens serieux & comiques, La Nôces Interrompuë, Le Joüeur & Attendez-moy sous l'Orme*, qu'il a fait imprimer en vertu de nos Lettres de Privilege, & dont il desireroit donner une nouvelle Edition, s'il nous plaisoit luy accorder nos Lettres sur ce necessaires, par lesquelles il luy fust aussi permis de faire imprimer les autres qu'il composera cy-aprés, attendu que le temps porté par les precedentes est prest à expirer ; Nous avons permis & accordé, permettons & accordons par ces presentes audit Sieur Riviere de faire imprimer ses Œu-

vres diverses en Prose & en Vers, qu'il composera cy-après ; comme aussi de faire réimprimer
les Pieces cy dessus énoncées, par tel Imprimeur
ou Libraire qu'il voudra choisir, en telle forme,
marge, caractere, en un ou plusieurs volumes,
conjointement ou separêment, & autant de fois
que bon luy semblera pendant le temps de six
années consecutives, à compter du jour de la
datte des Presentes ; & de les faire vendre & debiter par tout nostre Royaume : Faisons défenses
à tous Imprimeurs, Libraires & autres, d'imprimer, faire imprimer, vendre ny debiter les-
dites Oeuvres, sous quelque pretexte que ce soit,
même d'Impression étrangere, ou autrement,
ny d'en faire aucuns Extraits, sans le consentement de l'Exposant ou de ses ayans cause ; sur
peine de confiscation des Exemplaires contre-
faits, de quinze cent livres d'amende contre chacun des contrevenans, applicable un tiers à nous,
un tiers à l'Hostel-Dieu de Paris, l'autre tiers
audit Exposant, & de tous dépens, dommages
& interests : à condition que l'Impression s'en
fera dans nostre Royaume, & non ailleurs en
beau papier & bons caracteres, conformément
aux Reglemens de la Librairie : Qu'avant que
d'exposer le Livre en vente, il en sera mis deux
exemplaires dans nostre Bibliothéque publique,
un autre dans le Cabinet des Livres de nostre
Chasteau du Louvre, & un en celle de nostre
tres-cher & feal Chevalier Chancelier de France le Sieur Phelyppeaux Comte de Pontchar-
train, Commandeur de nos Ordres, & que ces
Presentes seront registrées és Registres de la
Communauté des Imprimeurs & Libraires de
Paris, le tout à peine de nullité d'icelles ; Du

contenu defquelles vous mandons & enjoignons de faire jouïr l'Expofant ou fes ayans caufe pleinement & paifiblement , ceffant & faifant ceffer tous troubles & empefchemens contraires: Voulons que la copie des Préfentes , qui fera imprimée au commencement ou à la fin dudit Livre , foit tenus pour deuëment fignifiée , & qu'aux copies collationnées par l'un de nos amez & feaux Confeillers & Secretaires, foy foit adjoûtée comme à l'Original : Commandons au premier noftre Huiffier ou Sergent de faire pour l'execution des préfentes toutes fignifications, défenfes, faifies, & autres actes requis & neceffaires, fans demander autre permiffion, & non-obftant Clameur de Haro, Chartre Normande, & Lettres à ce contraires : CAR tel eft noftre plaifir. DONNE' à Verfailles le dix-feptiéme jour de Mars l'an de grace mil fept cent trois; Et de noftre regne le foixantiéme : Signé , Par le Roy en fon Confeil, LE COMTE. Et fcellé du grand Sceau de cire jaune.

Et ledit Sieur RIVIERE a cedé fon droit de Privilege à PIERRE RIBOU, fuivant l'accord fait entr'eux.

Regiftré fur le Livre de la Communauté des Libraires & Imprimeurs, conformément aux Reglemens. A Paris le 2. Avril 1703.
Signé P. TRABOUILLET, Syndic.

ACTEURS.

ARISTE,   Faux Honnête-homme.

L'A VEUVE.

FROSINE,   Suivante de la Veuve.

ANGELIQUE,   Fille de la Veuve.

LE CAPITAINE.

LA MARQUISE, Mere de Valere.

JASMIN,   Valet de la Marquise.

VALERE,   Amant d'Angelique.

FLAMAND,   Valet d'Ariste,

LE FAUX
HONNÊTE-HOMME,
COMEDIE.

ACTE PREMIER.
SCENE PREMIERE.

LA VEUVE, FROSINE.

LA VEUVE.

OUy Froſine , oüy , Mr Ariſte eſt un vray homme d'honneur.

FROSINE.

Je conviens que feu voſtre mary s'en eſtoit coefé un peu avant ſa mort, mais ce n'eſt pas là une preuve pour moy, je vous demande quelqu'autre preuve convainquante.

A

LA VEUVE.

Frosine.

FROSINE.

Hé bien , la preuve.

LA VEUVE.

Cet homme-là est le plus homme d'honneur.

FROSINE.

Cette repetition prouve quelque chose, car elle prouve que vous en êtes entêté ; mais je voudrois que vous me racontassiez quelque belle action de luy qui me prouvât.

LA VEUVE.

Ah , c'est ce qui s'appelle un vray homme d'honneur.

FROSINE.

Redites-le moy encore une fois, & je n'en croiray rien.

LA VEUVE.

Je suis bien-heureuse que feu mon mary ait choisi Mr Ariste, pour luy laisser tout son bien préferablement à ce Capitaine qui n'est point honnête homme luy.

FROSINE.

Ce Capitaine n'est point honnête homme : pourquoy dites vous cela ?

LA VEUVE.

Parce qu'il n'est point honnête homme.

FROSINE.

Sçavez-vous de luy quelque mauvaiſe action ?

LA VEUVE.

Il n'eſt point honnête homme, dis-je.

FROSINE.

C'eſt ce qu'il faut prouver.

LA VEUVE.

J'ay toûjours eu pour luy une antipatie, une averſion.

FROSINE.

Vôtre averſion pour le Capitaine prouve parfaitement que vous ne l'aimez pas, & cette preuve me fait deviner l'autre : oüy, je devine que vous ſentez pour Mr Ariſte, je devine enfin.

LA VEUVE.

Je ne me deffens point d'avoir pour luy de l'eſtime & de la veneration.

FROSINE.

Oüy, de la veneration tendre & paſſion-née.

LA VEUVE.

Non, Froſine, je n'aime en luy que ſa vertu.

FROSINE.

Combien de femmes croyent n'aimer que la vertu ; & c'eſt le vertueux qu'elles aiment.

LA VEUVE.

J'aime fa fincerité , fon défintereffement, fa probité.

FROSINE.

Oüy , fa probité a le tein vermeil , les yeux vifs.

LA VEUVE.

Cela ne m'a jamais frappée.

FROSINE.

Sa probité eft bien bâtie , bien fur fes jambes : je ne m'étonne plus que vous n'ayez en luy une confiance aveugle , l'amour joint à vôtre opiniatreté naturelle , ô que cela va faire un bel entêtement.

LA VEUVE.

Perfonne n'eft moins opiniâtre que moy, j'écoute tout ce qu'on me veut dire.

FROSINE.

Cela eft vray , vous n'êtes pas de ces opiniâtres qui s'emportent quand on les contredit , vous écoutez les fentimens des autres avec une patience, une douceur : vous dites le vôtre avec une modeftie ; mais l'opinion va toûjours fon train.

LA VEUVE.

O c'eft toy qui eft une opiniâtre ; car comment peux-tu connoître Mr Arifte, toy qui n'es icy que depuis huit jours , ny ma niéce non plus.

FROSINE.

Vôtre niéce & moy nous n'en parlons
que pour vôtre bien : nous sommes au de-
sespoir que vôtre mary soit mort éloigné de
vous dans un voyage ; s'il étoit mort icy ,
nous aurions pû nous faire laisser cette suc-
cession-là , & nous en aurions mieux usé
avec vous, que Mr Ariste n'en usera ; nous
n'aurions gardé qu'un petit bien honnête ,
pour nous marier honnêtement.

LA VEUVE.

Ma niéce n'a nulle envie d'être mariée ;
& ce matin encore elle m'adit les plus belles morale s du monde sur son inclination
pour la retraitte.

FROSINE.

Elle me rebat aussi les oreilles de ces mo-
rales ; mais comme je n'envisage point sa
retraitte avec les yeux d'une tante qui veut
se marier , je crois tout le contraire de ce
qu'elle me dit.

LA VEUVE.

La voilà qui descend : tu vas entendre
ce qu'elle me va dire elle-même.

SCENE II.

LA VEUVE, FROSINE, ANGELIQUE.

JE vous avois dit, ma tante, que je ne partirois pas fi - tôt ; mais j'ay peine à rester long - temps en même logis avec un homme qui emporte toute une succession que je pouvois esperer legitimement : j'a-voüe que Mr Ariste me fait peine à voir icy, souffrez que je me retire.

LA VEUVE.

Hé bien, Frosine, tu vois l'impatience qu'elle a de quitter le monde : j'admire sa vertu, oüy, ma chere niéce, vous partirez dés aujourd'huy.

ANGELIQUE.

J'ay bien du chagrin de vous quitter.

LA VEUVE.

La joye que vous avez de tout quitter est tres - loüable. Que vous êtes heureuse, ma niéce, de vous trouver justement d'inclina-tion à méprifer le monde n'ayant pas de bien pour vous y établir : cela est heureux.

ANGELIQUE.

Oüy, ma tante.

LA VEUVE.

Quand on n'a pas le moyen de se marier, haïr naturellement le mariage, cela est heureux.

ANGELIQUE.

Oüy, ma tante.

LA VEUVE.

Estre née avec une antipatie pour les engagemens de cœur; toutes les femmes de nôtre famille sont insensibles.

FROSINE.

Vous n'êtes pas de vôtre famille.

LA VEUVE.

C'a il faut que j'entre pour un moment dans l'appartement de la Marquise. Elle me demande Mr Ariste pour être arbitre dans une affaire: Je ne suis pas la seule qui aye toute confiance en luy. L'affaire qu'elle termine aujourd'huy, c'est qu'elle marie son fils.

FROSINE.

Elle marie Valere.

LA VEUVE.

Je crois qu'oüy. Je vais voir un peu cela.

SCENE III.

FROSINE, ANGELIQUE.

FROSINE *à part.*

COmme cette nouvelle l'a étourdie, elle aime Valere., ou je suis bien trompée, faisons luy avoüer la chose. Enfin Mademoiselle, voila Mr Ariste heritier unique de vôtre oncle, vous n'avez plus nulle esperance, rien ne vous retient plus à Paris, graces au Ciel : Sçavez-vous que ce dernier mal·heur est une espece de bonheur pour vous & moy qui voulons haïr le monde. Il y a si long·temps que nous nous exhortions l'une l'autre à mépriser les établissemens mondains. O nous n'en pouvons plus esperer, Dieu mercy, je vous assure que j'en suis bien aise , c'est à dire, je tâche de n'être pas fâchée, parce qu'il faut bien faire commme si. ... j'en suis bien aise. Enfin. ... & vous Mademoiselle.

ANGELIQUE.

Tu sçais que j'ay pris mon party là dessus il y a long·temps.

FROSINE.

O qu'oüy , nous avons toûjours regardé
le mariage comme un mal - heur : je vous
felicite de n'avoir pas le moyen de vous rendre mal - heureuse.

ANGELIQUE.

Nos resolutions sont prises, n'en parlons
plus.

FROSINE.

Il est bon d'en parler , car vos resolutions
sont foibles, & quand ce n'est qu'à force
de raisonnemens forts qu'une femme a de
la force , il faut qu'elle parle sans cesse pour
se fortifier le cœur.

ANGELIQUE.

Je te l'ay avoüé cent fois , je n'ay pris le
party de la retraitte que par raison ; mais
après tout en faut - il tant pour quitter
Paris.

FROSINE.

Non vrayment, que feriez-vous à Paris,
vous n'avez ny vanité, ny coqueterie,
vous nêtes ny joüeuse, ny Musicienne,
vous ne serez jamais ny solliciteuse de Ju-
ges, ny marieuse du quartier, & pour
conter des nouvelles, babuler, & médire
un peu. Vous aurez cela en retraitte tout
comme en plein monde.

ANGELIQUE

J'y trouveray la tranquilité de l'efprit.

FROSINE.

Oüy, on a l'efprit tranquille, quand on ne fouhaite, & qu'on ne regrette rien. Que pourrez-vous regretter? Quoy! quelque bonne amie que vous laiffez icy, vous en ferez quelqu'autre là bas : Perdre l'amitié d'une femme, & gagner celle d'un autre, ce n'eft rien perdre, ny rien gagner. A l'égard des hommes peut-on regretter leur focieté, les vieillards font ennuyeux, les hommes raifonnables ne rejoüiffent guéres ; pour les jeunes gens je ne vous en parle point, car vous les haïffez.

ANGELIQUE.

Tu es bien en train de dire des niaiferies.

FROSINE.

A propos de haïr les jeunes gens, il me vient une penfée. Valere eft un jeune homme, comme vous fçavez. N'eft-ce point pour éviter le chagrin de le voir, que vous précipitez vôtre départ ?

ANGELIQUE.

Quel raifonnement.

FROSINE.

Il eft prudent vôtre départ ; car un jeune homme, & une fille aimable qui logent fous un même toict font affez mal-heureux quelquefois pour fe rencontrer.

ANGELIQUE.

J'avoüe que j'ay trouvé quelque merite à Valere ; mais depuis que nous fommes icy je ne l'ay vû que trois ou quatre fois ; il ne peut pas avoir fait grande impreffion fur mon efprit.

FROSINE.

Ces petits vifages - là s'impriment quelquefois en un clin d'œil. Moy, qui vous parle je n'ay quafi pas vû un certain Valet de chambre de Mr Arifte qu'on nomme Flaman. Hé bien j'ay toutes les peines du monde à effacer l'impreffion que ce marautlà a fait dans ma cervelle.

ANGELIQUE.

Tu es folle avec tes idées.

FROSINE.

Vous faites la fage, vous avez ces mêmes idées, vous tâchez de les laiffer à Paris ces idées-là ; mais je crains qu'elles n'aillent vous attendre là bas dans vôtre folitude.

ANGELIQUE.

Frofine, qui eft-ce qui aborde là ? ma tante.

FROSINE.

Ha c'eft noftre Capitaine de Vaiffeau ;

c'eſt mon meilleur amy , eſt-ce que vous ne
l'avez jamais veu.

ANGELIQUE.

Non.

FROSINE.

Je l'ay veu , moy , vingt fois icy , quand
vous m'y envoyez, j'ay eſté ſa confidente.

ANGELIQUE.

Ariſte & luy ne ſe connoiſſent-ils point.

FROSINE.

Non vrayement , ce Capitaine de Vaiſ-
ſeau a toujours eſté ſur mer depuis qu'A-
riſte s'eſt introduit dans cette maiſon-cy.
Quelle difference de ces deux Amis de vôtre oncle , Ariſte eſt doucereux , fade , ce-
luy-cy eſt bruſque, piquant, des manieres
groſſieres ; il paroît même un peu dur,
mais dans le fond c'eſt la meilleure ame....
ô c'eſt le plus aimable brutal que j'aye jamais connu.

ANGELIQUE.

Ma tante l'amene icy, reſtons, comme
ſi a veu mourir mon oncle, il nous ap-
prendra peut-eſtre quelque circonſtance
que nous ne ſçavons pas.

SCENE

SCENE IV.

LA VEUVE, LE CAPITAINE, FROSINE, ANGELIQUE.

LA VEUVE.

VOus m'obligerez senfiblement, Monfieur, de me dire toutes les particularitez que vous ne m'avez point écrites.

LE CAPITAINE.

Avant de vous répondre, Madame, que je vous faffe une queftion, me haïffez-vous autant que vous me haïffiez autrefois.

LA VEUVE.

Moy vous haïr, Monfieur, je vous ay toujours eftimé infiniment.

LE CAPITAINE.

Vous ne m'aimiez guéres quand vous me fiftes un paffe droit pour époufer le deffunt, on dit que vous en allez encor époufer un fecond ; combien me fairez-vous paffer encor de maris fous la mouftache.

LA VEUVE.

Je ne me remarieray jamais, Monfieur.

B

& quand je vous ay avoüé que je n'avois point d'inclination pour vous , vous me dites vous-mesme que vous me sentiez bon gré de ma sincerité.

LE CAPITAINE.

Une haine sincere à son merite ; mais j'aimerois mieux de l'amour , venons au fait. En débarquant à Marseilles , j'appris que mon amy s'y mouroit , j'y cours , je trouve le mourant investy de quelques amis de voyage , de quelques heritiers , & autres Corsaires qui vont en course, sur ceux qui meurent sans enfans , il a tout donné à un amy , me dit-on, cela me mit en colere ; Comment morbleu tout à cet homme-là , & à moy rien ; je fends la presse , & à moy rien morbleu ; que tout le monde sorte , & à moy rien, qu'on me laisse seul avec luy ventrebleu , je veux l'exhorter à mourir.

LA VEUVE.

Hé bien , Monsieur , le fites-vous souvenir que j'estois sa femme.

FROSINE.

Et que Mademoiselle estoit sa niece.

LE CAPITAINE.

Je le fis souvenir que j'estois son amy : mais il avoit disposé de tout en faveur de son autre amy ; là de cet homme d'hon-

neur qui s'estoit emparé de luy en mon ab-
sence, & qui s'emparera de vous à mon
prejudice.

LA VEUVE.

Tout ce que mon mary a fait, est bien
fait, il avoit du discernement, & je ne
suis point fâchée qu'il ait eu de la confiance en Mr Ariste ; oserois-je vous demander entre les mains de qui on a mis
le Testament.

LE CAPITAINE.

Entre mes mains, Madame.

LA VEUVE *étonnée.*

Quoy, Monsieur, c'est vous ?

LE CAPITAINE.

Tout ce que vôtre mary a fait, n'est-il
pas bien fait ?

LA VEUVE.

Assurément, Monsieur, & je suis tres-
persuadée que vous ne me ferez point de
tort, vous estes si honneste homme, vous
avez le cœur si bon.

LE CAPITAINE.

Pas autrement bon, je suis un peu rancu-
nier, & l'air marin m'a rendu l'ame feroce.

LA VEUVE.

Les marins sont gens d'honneur.

LE CAPITAINE.

Ouy à present, mais je suis de la vieille

mer ; cependant je fuis chargé d'un dé-
pot , pour le remettre entre les mains
de Mr Arifte , je feray mon devoir, je
fouhaite qu'il faffe le fien ; on dit qu'il eft
logé icy , je vay me faite conduire à fa
chambre.

LA VEUVE.

Je vous y accompagneray.

LE CAPITAINE.

Non , Madame ?

LA VEUVE.

Monfieur.

LE CAPITAINE.

Non, vous dis-je, je veux luy parler
feul , pour fonder le gué, & tater un peu
fa probité. Car je me défie de ceux qui mo-
ralifent à tout vent, & prennent à toute
main.

LA VEUVE.

Je vous laiffe aller.

SCENE V.

LA VEUVE, FROSINE, ANGELIQUE.

LA VEUVE.

VOus voyez, ma niéce, qu'il n'est point question de voïes dans tout cela, je vais songer à vous faire partir dés ce matin.

SCENE VI.

FROSINE, ANGELIQUE, ANGELIQUE.

FRosine, comme j'ay vû la Marquise une fois ou deux chez ma tante, je croy que la bienséance veut que je la voye avant de partir.

B iij

FROSINE.

Sans doute, vous ne fçauriez vous dif-
penfer de voir la mere, car le fils eft avec
elle.

ANGELIQUE.

Non, Frofine, je ne l'a verray point.

FROSINE.

C'eft encore mieux fait. La Marquife eft
une réjoüie, une folle qui n'aime qu'à rire, une babillarde qui ne vous parleroit
que du plaifir qu'elle a de marier fon fils....
Vous ne devez plus penfer qu'à partir : Je
veux pourtant tâcher de travailler pour
vous, & je vais m'éclaircir avec le Capitaine d'une penfée qui me roulle dans la
tête depuis hier.

SCENE VII.

ANGELIQUE.

FRofine s'eft apperçuë de ma paffion,
Valere s'en appercevroit encore plûtôt :
je ne dois point le voir. La Marquife fort,
elle eft feule ; prenons ce moment pour luy
dire adieu.

SCENE VIII.

LA MARQUISE, JASMIN, ANGELIQUE.

LA MARQUISE.

Voyons ta liste, Jasmin, voyons ta liste. Où dois-je aller en sortant d'icy. Combien ay-je de parties de faites pour aujourd'huy ?

JASMIN.

Madame la Comtesse vous attend à cinq heures.

LA MARQUISE.

J'iray.

JASMIN.

Il y a concert aux marais à cinq heures aussi.

LA MARQUISE.

J'iray, j'iray.

JASMIN.

On jouë dans l'Isle à cinq heures aussi.

LA MARQUISE.

J'iray, j'iray.

JASMIN.

Mais, Madame, vous ne pouvez pas aller par tout là tout à la fois.

LA MARQUISE.

Je feray aujourd'huy de toutes les parties de plaifir, je me fens d'une joye, d'une gayeté....

Appercevant Angelique elle prend tout à coup un air affligé.

Hé, Madame, je ne vous voyois pas là, je fuis bien affligée d'une nouvelle qui m'eft revenuë. On dit que feu vôtre oncle ne vous a rien laiffé en mourant ; la trifte mort que cette mort - là !

ANGELIQUE.

Madame.

LA MARQUISE.

Pour vous en confoler aifément, imaginez - vous que vous eftes de mon humeur, J'ay l'art de me réjoüir de ce qui afflige les autres ; par exemple : Un mary eft plus qu'un oncle, je me fuis pourtant confolée d'être veuve ; il n'y a que maniere d'envifager les chofes. Ce veuvage eft un fujet de trifteffe , quand on y voit un mary perdu, voyez - y la liberté trouvée, fujet de joye.

ANGELIQUE.

J'allois prendre congé de vous , Madame. Je parts aujourd'huy.

LA MARQUISE.

Pourquoy donc vous quitter, je voulois faire amitié avec vous. Vôtre phisonomie m'a reveillé l'idée de feu vôtre mere que j'estimois fort ; car elle estoit toute de mon humeur, n'aimant qu'à se réjoüir, ne prenant part aux chagrins de personne, pas même aux siens propres ; la brave femme que c'estoit, elle n'avoit point de tête, point de conduite, car elle a mangé tout son bien & le vôtre, avec cela elle ne laissoit pas d'avoir une espece d'économie ; elle sçavoit ménager le temps pour les plaisirs, elle les arrangeoit si justes & si serrez, qu'elle ne laissoit pas un moment de vuide pour les occupations chagrinantes, pas un moment pour ses affaires, ny pour son mary.

ANGELIQUE.

Vous alliez sortir, Madame?

Oüy, j'allois me désennuyer en Ville, pendant que Mr Ariste terminera une affaire importante que j'ay. C'est que je marie mon fils : Où est-il donc, Valere, je croyois qu'il me suivoit. Ah le voicy.

✳✳✳✳✳✳✳✳✳✳✳✳✳✳✳✳✳✳✳✳✳✳✳

SCENE IX.

ANGELIQUE, LA MARQUISE, VALERE *triste & rêveur.*

ANGELIQUE.

JE vous empêche de sortir, Madame.

LA MARQUISE.

Et restant parle bas.

Regardez-le un peu, Mademoiselle. A-t'on jamais esté si triste, un jour de nôces, quand il seroit au lendemain. Qu'est-ce donc, mon fils. Pourquoy ce chagrin ; Est-ce parce que la mariée sera layde ?

VALERE.

Dés qu'elle vous convient, elle doit me convenir; mais Madame, vous ne m'avez averty qu'hyer de ce mariage, vous voulez le terminer aujourd'huy : cela est un peu précipité.

LA MARQUISE.

Je le marie, comme je me suis mariée moy-même. Monsieur, en trois jours j'aimay, j'epoufay, & je me repentis.

VALERE.

On fe repent fouvent, quand on n'a pas eu la liberté du choix.

LA MARQUISE.

Je te l'a laiffe, mon fils, je te laiffe la liberté du choix, tu peux choifir ou d'époufer aujourd'huy, ou d'eftre desherité.

VALERE.

Pour en venir à ces extremitéz vous m'aimez trop.

LA MARQUISE.

D'accord, mais je m'aime beaucoup auffi, & cette affaire me débarraffe d'un fils unique, fans qu'il m'en coûte rien, Mademoifelle.

ANGELIQUE.

Apparemment, Madame, cet établiffement eft fort avantageux.

LA MARQUISE.

C'eft une occafion admirable : Imaginez-vous qu'on ne me demande rien de mon vivant. A la verité mon fils fera riche, fi je meurs quelque jour.

VALERE.

Je ne refufe point de vous obeïr, Madame; mais....

LA MARQUISE.

Retranchons ce mais-là, tu connois mon humeur, & tout en riant, je mettrois mon bien à fonds perdu : j'ay besoin d'un gros revenu pour vivre, les plaisirs sont si chers à Paris, je n'en sçay qu'un à bon marché, c'est de médire du tiers & du quart ; ce plaisir-là ne coûte rien, aussi je m'en donne.

VALERE.

Ecoutez, ma mere, vous avez de la confiance à Mr Ariste, je luy remettray mes interests entre les mains, je feray ce qu'il me conseillera.

LA MARQUISE.

Volontiers je m'en rapporte à luy. Venez me trouver tous deux chez le pere & la mere de celle dont tu feras aujourd'huy le mary. Je ne vous dis pas adieu, Mademoiselle, je veux que vous restiez pour voir la nôce de mon fils, je la feray magnifique, cela vous réjouïra.

SCENE

SCENE X.

ANGELIQUE, VALERE, *qui a feint d'aller à la chambre d'Ariste, & qui revient.*

ANGELIQUE.

JE crains bien que Valere ne se soit apperçu de mon trouble, il revient, fuyons ; mais si je le fuis, il s'appercevra que je l'aime : il vaut mieux le voir pour luy persuader que je suis insensible.

SCENE XI.

VALERE, ANGELIQUE.

VALERE.

ON nous a dit ce matin, Mademoiselle, qu'un oncle vous a desherité : quelle injustice !

ANGELIQUE.

Mon oncle étoit maître de son bien, je

C

tâcheray d'être maîtreſſe de mes reſſen-
timens.

VALERE.

J'admire vôtre moderation.

ANGELIQUE.

Mes mal - heurs paſſez m'ont appris à
ſupporter celuy - cy.

VALERE.

Pour ſupporter celuy qui me menace,
j'aurois beſoin de vôtre force d'eſprit :
ſouffrez que je me plaigne à vous du mariage cruel, ou ma mere veut me contraindre. En cette extremité, Mademoiſelle, conſeillez-moy ſincerement quel
party je dois prendre.

ANGELIQUE.

Vous devez accepter cet établiſſement,
puiſqu'il vous eſt avantageux.

VALERE.

Je ne connois d'établiſſement avantageux, que ceux qui ſont fondez ſur l'union
des cœurs.

ANGELIQUE.

Et moy je ne connois de mariages raiſon-
nables, que ceux qui ſont fondez ſur l'éga-
lité des biens.

VALERE.

Hé, vous parlez comme ma mere.

ANGELIQUE.

Je me fçais bon gré d'être auffi raifonnable qu'elle ; mais qui peut vous empêcher d'accepter le party qu'elle vous propofe.

VALERE.

C'eft que mon cœur eft engagé ailleurs. Je n'ofe l'avoüer à ma mere, car celle que j'aime ne peut plus efperer d'eftre riche, & ma mere me connoît d'autre merite que celuy des richeffes ; elle n'auroit nul égard au plus fincere amour, à l'ardeur la plus tendre, à la plus violente paffion.

ANGELIQUE.

Ne m'exagerez point vôtre paffion. Je n'ay jamais éprouvé les paffions aveugles.

VALERE.

La mienne n'eft point aveugle, & je vois dans celle que j'aime un merite brillant, & une raifon folide.

ANGELIQUE.

Pour peu qu'elle ait de raifon, elle doit ménager la vôtre, en ceffant de vous voir.

VALERE.

Que deviendrois-je, fi j'eftois condamné à ne plus voir cette beauté charmante, à ne plus voir ces yeux, cette bouche.

ANGELIQUE.

Finiſſez de grace : je m'apperçois qu'inſenſiblement vous me faites vôtre confidente, vous ne m'avez demandé qu'un conſeil, je vous le donne. Obéïſſez à vôtre mere.

VALERE.

Ce n'eſt pas là le conſeil que je vous demande.

ANGELIQUE.

Pour vous mettre dans la neceſſité d'obéïr, celle que vous aimez doit vous ôter toute eſperance.

VALERE.

Eſt-ce là ce que vous feriez, ſi vous eſtiez à ſa place ?

ANGELIQUE.

Si elle êtoit de mon humeur n'ayant pas de bien, elle refuſeroit de vous épouſer, quand même vôtre mere y conſentiroit.

VALERE.

Vous ſuppoſez donc que cette aimable perſonne n'a pour moy que de l'indifference & du mépris.

ANGELIQUE

Je ſuppoſe, ſi vous voulez, qu'elle vous eſtime : c'eſt pour cela qu'elle doit craindre les ſoupçons & les froideurs qui ſuivent d'ordinaire un mariage inégal. Celuy qui a tout donné soupçonne aisément d'ingratitude, & celuy qui a tout reçeu croit toûjours voir la froideur & le repentir.

VALERE.

Le repentir, juste Ciel, de tels soupçons peuvent-ils entrer dans vôtre ame? Ah cruelle!

ANGELIQUE.

Vous vous troublez; Et ce n'est pas moy qui.... Mais je ne puis plus l'ignorer. Vous m'avez trop fait voir vos sentimens, connoissez aussi les miens; mon cœur est incapable de tendresse, une simple estime que je ne puis vous refuser, ne contenteroit pas un cœur aussi passionné que le vôtre. Oubliez-moy, Valere, pour vôtre bonheur, oubliez-moy, je vous en conjure.... Ne me donnez point le chagrin mortel d'avoir causé la ruine.... d'un homme dont le merite.... On vous desheritera.... Et je ne suis pas en état de reparer.... Vous serez plus heureux avec une personne riche; Et puisque ma fortune.... Si j'avois eu.... Vous voyez qu'un oncle injuste.... Que je suis mal-heureuse!

SCENE XII.

VALERE, FROSINE.

FROSINE à part.

JE me doutois bien qu'à force de se fuïr l'un l'autre, ils se rencontreroient bien-tôt.

VALERE sans voir Frosine.

Est-ce que je me flatte, je crois m'apper-cevoir : Rompons un mariage cruel, où je ne consentiray jamais.

SCENE XIII.

FROSINE seule.

HOm. Il y a eu icy de la declaration, mais pensons au plus pressé, & pour gagner la confiance du Capitaine, faisons ce que je viens de luy promettre. Bon voicy justement le Valet d'Ariste, il ne me ca-chera rien, c'est un bon enfant, un bon benêt : Je l'aime pourtant, car il ne dit jamais que ce qu'il pense, & il m'a dit qu'il m'aimoit.

SCENE XIV.

FROSINE, FLAMAND.

FROSINE.

BOn jour, l'aimable Flamand.

FLAMAND affligé ôte son chapeau regardant Frosine, & le remet en levant les yeux au Ciel.

Je suis vôtre serviteur.

FROSINE.

Bon jour, mes nouvelles amours.

FLAMAND.

Serviteur, ay.

FROSINE.

Que m'as-tu donc fait pour gagner mon cœur en quatre jours ?

FLAMAND.

Ay : serviteur.

FROSINE.

J'ay là un serviteur bien affligé.

FLAMAND.

C'est que j'ay de l'affliction.

FROSINE.

De l'affliction.

FLAMAND.

Oüy, de l'affliction qui m'afflige.

FROSINE.

Peut-on sçavoir ce qui t'afflige tant ?

FLAMAND.

Hélas ! c'est que....

FROSINE.

C'est que.

FLAMAND.

C'est que je ne suis pas honneste homme.

FROSINE.

Tu es sincere du moins.

FLAMAND.

Quand je dis que je ne suis pas honneste homme, je suis honneste homme si vous voulez, mais je ne suis pas là ce qui s'apelle comme mon maître enfin, qui a des amis qui luy donnent des Testamens.

FROSINE.

J'entens, tu es fâché de n'estre pas assez honneste homme pour attraper des successions.

FLAMAND.

Des successions ouy , & encore quelquefois on luy apporte de dépots ; on ne m'apporte point de dépots à moy.

FROSINE.

Cela viendra, l'employ d'homme d'honneur est comme celuy d'Avocat, il n'est lucratif que pour les Doyens.

FLAMAND.

Ah ! je n'apprendray jamais à eſtre honneſte homme, cela eſt trop difficile ; je croyois d'abord que pour eſtre honneſte homme, il n'y avoit qu'aller tout droit à la boule veuë ; mais il faut bien plus de façons, mon Maiſtre réve jour & nuit, pour attraper une certaine perfection, qu'il appelle de la pr... probité, l'y voila venu à la fin, mais il eſt l'unique, & il le dit luy-même ; non, dit-il, il n'y a plus de probité aux hommes, & le genre humain ...... le genre humain.

FROSINE.

Le genre humain eſt un fripon ; mais dis-moy un peu, ton Maiſtre qui eſt ſi ſçavant en perfection te paye-t'il bien tes gages.

FLAMAND.

Bon, mes gages, il s'amuſe bien à cela.

FROSINE.

Quoy, il ne te paye point.

FLAMAND.

Il ne me paye point, mais c'eſt pour mon bien, car il veut me faire ma fortune tout à la fois ; l'humeur de mon Maiſtre, c'eſt pour les grandes generoſitez.

FROSINE.

Les grandes generoſitez, & t'en a-t'il

déja fait quelqu'une.

FLAMAND.

O tout plein , on le vient chercher pour
cela de tous les coſtez ; c'eſt luy qui va par
tout dans les maiſons faire les plus belles
choſes qui ſe faſſent.

FROSINE.

Dans les maiſons , dis-moy un peu Flamand , comment t'on Maiſtre s'eſt-il introduit dans cette maiſon cy. Par exemple.

FLAMAND.

Je m'en vais te le dire ; c'eſt qu'il y avoit
une veille femme qui faiſoit les affaires de
mon Maître.

FROSINE.

Sa femme d'affaires,

FLAMAND.

Ouy : Et elle parloit toujours du mary
de la Veuve qui eſt mort ; & diſoit qu'il
eſtoit ſi bon homme , ſi bon , ſi bon , qu'il
n'avoit point d'eſprit du tout. O mon
Maître , quoy qu'il ait plus d'eſprit que
tout le monde , par bonté de cœur il aime
toujours à faire amitié avec ceux qui ſont
beſtes.

.FROSINE.

Ouy beſtes & riches ; voila comme il
les aime.

FLAMAND.

Il se trouve donc que cette femme ame-
na un jour le deffunt chez nous pour prendre du conseil de mon Maître sur une affaire. O dés que mon Maître le vit venir
de loin, il courut jusques dans la ruë pour
l'embrasser : Dame c'est là qu'il luy dit de
belles choses de cœur... c'estoit des cor-
dial... des affections... de luy donner... des
sacrifices de biens... Et plus l'autre se tuoit
de luy dire qu'il n'avoit que faire d'argent,
plus mon Maître ne l'écoutoit pas, & luy
en vouloit prester à toute force, si bien qu'à
la fin je voyois que le cœur franc de mon
Maître faisoit quasi pleurer l'autre.

FROSINE.

Cela me fend le cœur aussi à moy.

FLAMAND.

Mon Maître est la bonté même ; voila-
t'il pas encore à cette Marquise de ceans,
dés qu'il a vû qu'elle alloit se ruiner, il
a pris toutes ses affaires pour les profiter ;
depuis qu'il s'en mesle, son bien a redou-
blé au double.

FROSINE.

Son bien à luy, ou à elle.

FLAMAND.

A elle ; car par tout où mon Maître se
fourre, il y met toujours du sien ; mais il

faut que j'aille au plus viſte querir les lettres de mon Maître à la Poſte, car il a des correſpondances dans toutes les Villes pour les intrigues d'honneur.

FROSINE.
Reſte encore avec moy.

FLAMAND.
Je reviens dans un moment, & je te conteray toutes les vertus de mon Maître.

FROSINE.
Allons toujours rendre compte de cecy au Capitaine.

Fin du premier Acte.

ACTE II.

ACTE II.
SCENE PREMIERE.

F. R O S I N E, A N G E L I Q U E.

FROSINE.

Uoy vous me suivez encore.
ANGELIQUE.
Ah ! Frozine.
FROSINE.
Rentrez, vous dis-je, & laissez-moy
rêver seule à mes affaires.
ANGELIQUE.
Que j'ay de honte.
FROSINE.
Rentrez donc depuis que vous m'avez
avoüé vostre amour, depuis que vous avez
resolu d'oublier Valere, vous ne sçauriez
cesser de m'en parler.
ANGELIQUE.
Que je suis honteuse de t'avoir avoüé
ma foiblesse.

D

FROSINE.

Il falloit la mieux cacher à Valere, une fille prudente doit s'épargner la honte d'une paſſion dont elle n'aura pas le plaiſir.

ANGELIQUE.

Mais Froſine ſeroit-il impoſſible que les grands biens de mon oncle revinſſent à ma tante, & que ma tante ne ſe remaria: point, elle me miſt en état d'épouſer Valere.

FROSINE.

Je n'ay qu'une choſe à vous dire là deſ- ſus, voſtre tante eſt enteſtée d'Ariſte, elle l'épouſera, ſi on n'y met ordre ; il faut la déſenteſter de cet homme-là, c'eſt le nœud de l'affaire, & ce nœud ſera diffi- cile à dénoüer ; car l'enteſtement de voſtre tante eſt un enteſtement de cœur.

ANGELIQUE.

Par la confidence que le Capitaine t'a faite, je vois qu'il a auſſi intereſt de deſa- buſer ma tante de cet Ariſte. Mais Froſine !

FROSINE.

Le voicy noſtre homme d'honneur, ren- trez, & laiſſez-moy ſuivre cette affaire cy.

SCENE II.

FLAMAND, ARISTE, LE CAPITAINE, FROSINE.

LE CAPITAINE.

ESt-il possible, Monsieur, que vous soyez aussi parfait que vous le dites, j'admire ce que vous me comptez de vos perfections.

ARISTE.

De mes perfections, Monsieur, c'est de-quoy je ne parle jamais.

LE CAPITAINE.

Vos vertus sont si incroyables, que je n'en croirois rien, si un autre que vous me les racontoit.

ARISTE.

Je ne vous raconte rien qui soit à mon avantage.

LE CAPITAINE.

Cela vous échape, c'est par franchise que vous vous donnez des loüanges.

ARISTE.

Mais qu'appellez-vous donner de loüan-ges, & quelles vertus ay-je loüées en moy.

LE CAPITAINE.

Vous me vantez voftre fincerité , v oftre liberalité , ne font-ce pas là des vertus.

ARISTE.

Non , Monfieur, non, elles ceffent d'être vertus dés qu'on les pouffe jufqu'à un ex-cés vicieux ; j'avouë franchement mon vi-ce , je fuis exceffif en tout , en amitié par exemple , delicat jufqu'au fcrupule, ferviable jufqu'à importuner , ma fenfibilité eft une foibleffe , & mon zele une fureur ; en un mot je fuis trop bon amy. C'eft mon deffaut.

LE CAPITAINE.

Voftre fincerité eft une vertu peut-eftre.

ARISTE.

Eh ! Monfieur, avoir toujours la verité dans la bouche, & le cœur fur les lévres, n'eft-ce pas un deffaut , & le deffaut le plus haïffable qu'on ait parmy les hommes.

LE CAPITAINE.

Eh que direz-vous contre voftre des-in-tereffement.

ARISTE.

Que c'eft manquer de prudence , que d'eftre des-intereffé au point où je le fuis ; & c'eft encore un deffaut dont je ne me corrige jamais.

LE CAPITAINE.

Voſtre modeſtie eſt encore un deffaut dont vous ne vous corrigerez jamais.

FROSINE.

Cela eſt vray.

ARISTE.

Je n'affecte point d'eſtre modeſte, j'a-vouë franchement que j'ay quelque choſe de bon, c'eſt le cœur ; je me vante auſſi d'eſtre vrayement homme d'honneur, on me reproche que je le ſuis trop, & que cette probité exacte me donne un ridicule dans le monde, je m'en apperçois bien ; mais quoy, on ne peut pas ſe refondre.

LE CAPITAINE.

Eſtant auſſi homme d'honneur, que vous l'eſtes, je ne blâme point feu mon amy de s'eſtre enteſté de vous en mon abſence, & d'avoir fait ce teſtament cy en voſtre fa-veur, il m'a chargé de vous le remettre : Le voila.

ARISTE.

Ouy cécy eſt écrit de ſa propre main.

LE CAPITAINE.

Il vous laiſſe par là tout ſon bien.

ARISTE.

Son bien, Monſieur, le bien qu'il me laiſſe eſtoit plus à moy qu'à luy.

D iij

LE CAPITAINE.

Je croyois que son bien estoit plus à luy qu'à vous.

ARISTE.

Il en a disposé en homme equitable, il s'est souvenu que cecy m'appartenoit par certaines raisons secrettes.... mais s'il s'en est souvenu, je dois les oublier, moy ; quand on a obligé un amy, c'est un espece d'ingratitude de s'en souvenir, on doit oublier des choses dans la vie, le mal que nos ennemis nous ont fait, le bien que nous avons fait à nos amis.

LE CAPITAINE.

En sorte que s'est vous qui luy avez fait du bien, on ne laisse pas de dire le contraire dans le monde.

ARISTE.

Je suis ravy qu'on le publie, cela fera honneur à la memoire de mon amy.

LE CAPITAINE.

Puisque vous ne luy avez nulle obligation de ce qu'il vous laisse, vous n'estes point obligé d'en faire part à sa veuve.

ARISTE.

J'en useray selon mes principes.

LE CAPITAINE.

C'est vôtre affaire., je vous laisse ; adieu.

SCENE III.

ARISTE, FROSINE.

FROSINE.

Nous sommes bien - heureux , Monsieur, que vous soïez un homme d'honneur , veritable là de ces hommes d'honneur qui ont de la conscience.

SCENE IV.

ARISTE, FROSINE, LA VEUVE.

LA VEUVE.

Voicy le moment qui va prouver que
quand j'ay de la confiance en quelqu'un. .... que je ne me trompe jamais
enfin.

FROSINE.

Nous allons voir,

LA VEUVE.

Hé bien , Monfieur , ce Capitaine vous
a - t'il mis le Teftament entre les mains ?

ARISTE.

Oüy , Madame , n'ayez plus d'inquietude là deffus.

LA VEUVE.

Ah , Monfieur , que je fuis heureufe t
mon fort ne dépend plus que de vous ; je
fçay que feu mon mary vous avoit tant d'o-
bligations....,

ARISTE.

Je l'ay tiré de certaines affaires fâcheu-
fes.

LA VEUVE.

J'en fuis perfuadée , vous m'avez conté
tout cela.

ARISTE.

J'ay fait pour luy des pertes.

LA VEUVE.

Ne fçay - je pas bien , vous me l'avez
tant dit.

ARISTE.

Que voulez - vous , on n'eft pas amy
pour rien.

LA VEUVE.

Enfin il vous a laiffé tout ce bien - là : je
compte que tout eft à vous.

ARISTE.

On n'a rien à soy, Madame, quand on a le cœur fait comme je l'ay.

FROSINE *à part.*

On n'a rien à soy, quand on n'eſt riche que du bien d'autruy.

ARISTE.

C'a Madame, parlons net, quelle part vous êtes-vous propoſée. Que je vous ferois de ce bien-là,....

LA VEUVE.

Je remets tout à vôtre generoſité.

ARISTE.

Mais encore.

LA VEUVE.

Nous nous accommoderons à loiſir.

ARISTE.

Il faut que je me contente dans le moment.

LA VEUVE.

Puiſque vous le voulez, voyez cela vous-même; le bien de mon mary pouvoit ſe monter à deux cens mille francs.

ARISTE.

Deux cens mille francs, Madame.

LA VEUVE.

Il y avoit moins, n'eſt-ce pas ?

ARISTE.

Au contraire, il y a beaucoup plus,

LA VEUVE.

Quelle bonne foy !

ARISTE.

J'en trouveray bien encore trois cens par delà dont j'ay seul la connoissance, il y avoit cinq cens mille livres : si je traitois avec vous sur un autre pied ; je serois un homme faux.

LA VEUVE.

Hé bien Frosine, entends-tu cela ? Monsieur, quand vous me donnerez cent mille francs.

ARISTE.

Vous mocquez - vous, Madame, de me demander si peu ?

LA VEUVE.

Quelle generosité ! moitié, ce seroit trop aussi ?

ARISTE.

C'est encore trop peu.

LA VEUVE.

Vous me comblez.

ARISTE.

Je ne donne point à demy.

LA VEUVE.

Vous m'accablez.

ARISTE.

Je veux vous rendre maîtresse de tout.

LA VEUVE.

Ah! je n'en puis plus.

FROSINE.

On ne sçauroit parler plus liberalement.

ARISTE.

Je dois plus faire encore, feu vôtre époux a eu deſſein de vous laiſſer tout ce qu'il poſſedoit ; tout ce qu'il luy appartenoit doit vous appartenir : je luy appartenois, j'eſtois à luy, je dois eſtre à vous, & mon devoir m'oblige à vous offrir mes biens & ma perſonne.

LA VEUVE.

Et ſa perſonne, Froſine, & ſa perſonne.

FROSINE.

C'eſt l'article touchant....

LA VEUVE.

Monſieur, je ne penſe point à me remarier, à ſa perſonne je ne me remarieray jamais, vôtre perſonne, Monſieur, je ne puis pas icy répondre là deſſus ; il me faut du temps pour y penſer ; laiſſez-moy ſeule un moment dans ma chambre, n'entrez point avec moy, Monſieur, je vous prie, n'entrez point, n'entrez point.

FROSINE.

Allons avertir le Capitaine.

SCENE V.

ARISTE, FLAMAND.

ARISTE.

QUe j'ay bien fait d'achever d'entêter la veuve par ces offres genereuses, avant qu'elle sçache qu'il y a un second Testament : car enfin mes correspondans m'ont donné des avis seurs, oüy le Capitaine a un autre Testament qui détruit le mien, il n'a pas voulu le montrer d'abord, je penetre ses vûës, il veut me détruire auprés de la veuve, pour avoir & la veuve & le bien ; mais au moins le pas que je viens de faire me servira auprés de la Marquise, & je....

appercevant Flamand.

'Ah, que fais-tu donc là ?

FLAMAND.

Je tâche d'écouter, Monsieur.

ARISTE.

Ne t'ay-je pas deffendu cent fois ?

FLAMAND.

Cela n'empêche pas que je n'écoute ;

car

car il y a toujours à profiter avec vos fe-
crets.

ARISTE.
Eh bien quel profit as-tu fait, dis-moy.

FLAMAND.
J'ay profité, que j'enrage, d'avoir entendu quand vous difiez à la Veuve que
vous luy donnez voftre bien, & que vous
époufez voftre perfonne avec elle, &
cela eft bien mal à vous de vous ruiner ex-
prés, avec une Veuve qui n'a rien, faire
du bien à tout le monde, enrichir les mal-
heureux, voila de vos tours Monfieur,
voilà de vos tours ; il faut avoir bien la
rage, de la probité ; Eh, Monfieur, ne l'é-
poufez plus, & ne donnez rien, gardez tout
pour vous ; cela eft bon de donner tout par
probité, quand on n'a rien ; mais à cette
heure que vous voila riche, ne foyez plus
fi honnefte homme.

ARISTE.
Auras-tu toujours les fentimens d'un coquin.

FLAMAND.
C'eft mon naturel, car quand vous n'aurez plus rien, qui eft-ce qui fera ma fortune ; j'ay befoin de fortune moy.

ARISTE.
Tu n'as befoin que de vertu, tâche de
E

m'imiter, étudie moy, maraut, étudie moy.

FLAMAND.

Je voudrois bien étudier les successions.

ARISTE.

Flamand.

FLAMAND.

Monsieur.

ARISTE.

La Marquise est-elle chez elle.

FLAMAND.

Je n'en sçay rien, mais je me plaindray à elle que vous voulez épouser la Veuve.

ARISTE.

Je vais luy dire moy-mesme Flamand.

SCENE VI.

FLAMAND.

QUe je suis mal-heureux d'avoir un Maître qui donne tout aux autres, & qui n'aura plus rien pour moy.

SCENE VII.
FLAMAND, FROSINE.

FLAMAND.

MA pauvre Frosine je suis ruiné, adieu ma fortune, si mon Maître épouse cette Veuve qui n'a rien ; car il m'avoit promis de m'enrichir, ma chere Frosine, toy qui as tant d'esprit ne sçaurois-tu point quelque secret pour empescher ce mariage.

FROSINE.

C'est à quoy je pense, car ma fortune est attachée à la tienne ; écoute, nostre Veuve est entêtée de la vertu de ton Maitre ; pour la dégouter de luy, si nous pouvions luy faire en croire que ton Maître à quelques deffauts.

FLAMAND.

Des deffauts, oüy ; mais le mal-heur, c'est que mon Maître est parfait.

FROSINE.

C'est ce qui m'embarrasse ; mais ne luy connois-tu point quelque vertu qui ne soit point vertueuse, & qui paroisse là quelque vertu à deux envers.

FLAMAND.

J'entens, oüy da, mon Maître en
fait quelquefois comme cela, qui paroiſſent
d'abord, je ne ſçay comment, & puis il
en fait les plus belles vertus du monde.

FROSINE.

Voilà juſtement les vertus qu'il nous
faut : dis - m'en quelqu'une des meilleures.

FLAMAND

Je t'en chercheray, mais le chagrin où
j'eſtois m'a fait oublier que j'ay une lettre
pour mon Maître.

FROSINE.

Une lettre, dis - tu ?

FLAMAND.

Oüy, que je viens de prendre à la Poſte.

FROSINE.

Il y a peut-être dans cette lettre quelque
choſe de ce que nous cherchons, décache-
tons - la.

FLAMAND.

Non pas, s'il vous plaît, diantre.

FROSINE.

Il n'y a point de mal à eſtre curieux.

FLAMAND.

O ! le mal n'eſt pas à décacheter les lettres des autres, car je l'ay vû faire à mon
Maître, je le pris une fois ſur le fait ; mais
il m'apprit qu'il avoit la bonne intention,

la bonne intention eſt permiſe.
FROSINE.
Sans doute : Et comme nous avons bonne intention…
FLAMAND.
Oüy , mais la fidelité à un Maître ; car
mon Maître dit que tous les crimes ce n'eſt
rien au prix de manquer de fidelité domeſtique.
FROSINE.
Il a raiſon , il a raiſon ; mais la vraye fidelité d'un domeſtique , c'eſt de faire le
bien de ſon Maître, n'eſt - ce pas ?
FLAMAND.
Oüy da , je croy que tu as raiſon.
FROSINE.
O ! tu vois bien que l'intention…
FLAMAND.
L'intention , oüy , décacherons la lettre,
il ôte le cachet : Tiens voila comme il fit ,
on recole cela , & il n'y paroît pas.
FROSINE.
Dés qu'il n'y paroît pas , cela eſt permis.
hon , hon , c'eſt l'écriture d'une fille Agnés
Doucet.
FLAMAND.
Je ſçay qui c'eſt , cet Agnés avoit prié
mon Maître de luy placer de l'argent , elle
vouloit auſſi du mariage , & mon Maître

ne vouloit point écrire tout cela ; car il y a
une methode qui dit que l'écriture & les
contracts font de friponneries , parce qu'il
n'y a que les fripons qui fe méfient les uns
des autres.

FROSINE.

Je voy icy qu'il aime les mariages fans
écritures.

FLAMAND.

Il faut bien écrire , car un foir aprés fou-
per il voulut l'époufer ; elle vouloit un
contract elle, & luy vouloit l'époufer fur fa
parole , & cela fit une difpute.

FROSINE.

Elle le menace icy de publier certaines
affaires d'un dépoft, fçay - tu cela ?

FLAMAND.

O pour cela c'eft une coquine , car cet
affaire - là fait la loüange de mon Maître,
c'eft encore pour la parole ; un certain
fripon luy avoit donné des diamans,
par dépoft mon Maître m'a dit qu'il
les avoit rendus , & pourtant ce fripon-
là fe les vouloit faire rendre deux fois :
il fut à la Juftice, le Juge demanda tout
haut à mon Maître : Avez - vous rendu
les diamans, mon Maître ne fit que dire, oüy tout court, & l'autre n'eut rien ; car
mon Maître eft fi eftimé, que quand il dit

oüy, on le croit fur fa parole.

FROSINE.

Cecy fuffira pour empêcher que la Veuve n'époufe ton Maître : je vais la montrer.

FLAMAND.

Hé oüy, mais fi mon Maître fçait...

FROSINE.

Je diray que c'eft moy qui l'ay êté prendre à la Pofte.

FLAMAND.

Je confens à tout pour le bien de mon Maître ; car ne feroit - t'il pas bien mieux d'époufer cette Marquife.

FROSINE.

Cette Marquife, dis - tu, eft - ce qu'il y penfe ?

FLAMAND

Il ne le veut pas luy, car il fçait qu'elle eft riche, & c'eft affez pour qu'il la refufe; mais j'ay bien vû que la Marquife en a bien envie. Premierement parce que tout le monde aime la perfection de mon Maître, & puis elle me donne de temps en temps de l'argent.

FROSINE.

Oüy, ce que tu m'apprens me fait plaifir.

FLAMAND.

Ne vas pas dire cela au moins.

FROSINE.

Non, non, mais je feray tout ce qu'il
faudra pour le bien de ton Maître.

SCENE VIII.

FLAMAND.

MOn Maître est bien heureux d'avoir
un Valet affectionné, c'est une belle
chose que l'affection : hé mon Maître me
va demander la lettre.

SCENE IX.

FLAMAND, ARISTE.

ARISTE.

LA Marquise n'est point chez elle.
FLANAND.
Non, Monsieur, je m'en vais la chercher.

SCENE X.

ARISTE.

IL faut pourtant que je la voye au plus vîte pour la faire declarer ; car je voy que le Capitaine m'empêchera d'épouser cette Veuve : il faut presser la Marquise, c'est le plus seur , elle a dessein de m'épouser , il faut la faire declarer.

SCENE XI.

ARISTE, LA MERE.

LA MERE.

AH ! Monsieur Ariste, je n'en puis plus , quelle fatigue , la tête me fend , je suis à demy morte : je viens de quitter le pere & la mere de celle que mon fils épouse; ce pere & cette mere, les plus ennuyeux de tous les peres & meres, m'ont enfermée dans un cabinet pour m'assommer d'un détail de contracts, d'articles de doüaires, de preciputs: je m'échape comme une furieuse, je fors du cabinet, je donne dans une embufcade de Notaires, d'Avocats qui me demandent la bourfe: allez vîte difputer mon bien contre ces Arabes-là.

ARISTE.

Vous me prenez dans un moment fâcheux, je ne puis plus avoir nulle liaifon avec vous, il faut nous féparer en un mot, j'époufe la Veuve de mon amy.

LA MERE.

Vous l'époufez ?

ARISTE.

Oüy, Madame, je viens de luy offrir 500000. livres, qu'on m'a pour ainfi dire, reftituées par un Teftament.

LA MERE.

Qu'ay-je entendu, Monfieur, j'en fuis reftée muette, car c'eft la premiere fois de ma vie que la parole m'a manqué : vous voulez époufer la Veuve; quoy, tous les témoignages d'eftime & de confiance que je vous ay donnez, ne vous ont pas fait comprendre que je ne puis plus me paffer de vous, où trouveray-je un homme affez habile & honnête homme pour affurer le repos de ma vie, en fe chargeant de l'embarras de mes affaires ; mais est - il possible que vous n'ayez pas deviné mes intentions ?

ARISTE.

Ah ! Madame, je ne m'en suis que trop apperçeu.

LA MERE.

Trop apperçeu, que veut dire ce trop-là, s'il vous plaît ?

ARISTE.

Je n'ay que trop compris les bontez que vous avez pour moy ; & ce sont ces bontez qui m'ont déterminé promptement à épouser cette Veuve.

LA MERE.

Expliquez - vous.

ARISTE.

Oüy, Madame, je me suis engagé, je me suis lié, prévoyant bien que si je me laissois à moy - même, je succomberois au plaisir de me donner à vous ; j'ay bien senty que mon cœur... mais Madame, la sincerité m'emporte au delà du respect, dés que j'ay une vérité sur le cœur, il faut qu'elle paroisse ; je n'ay pû vous cacher mon amour.

LA MERE.

C'est à dire vostre amitié.

ARISTE.

Quand je dis de l'amour, c'est de l'amour, je ne dis jamais un mot pour l'autre.

LA MERE.

Je vous crois Monsieur, je vous crois, & je me sçay bon gré d'avoir enflamé tant de probité pour moy à qui l'amour repugne, parce que c'est une passion serieuse ; je n'ay en veuë qu'un mariage de commodité, que nous terminerons quand j'auray marié mon fils.

ARISTE.

Ah ! Madame, je me dois à la Veüve de mon amy par mille raisons ; & deplus, puis-je penser à vous sans commettre un crime ; car enfin commettre un second mariage avec une femme qui a un fils , vous épouser, Madame, n'est-ce pas desheriter, voler un heritier legitime.

LA MERE.

Mais vous qui estes si scrupuleux, pouvez-vous en conscience épouser une femme, ayant pour un autre une passion dans le cœur. ARISTE.

C'est ce qui m'embarasse.

LA MERE.

Se marier à droite, & aimer à gauche, c'est ce qui fait tant de ménages à Vau de ville.

ARISTE.

ARISTE.

Tant de mauvais ménages, c'est ce que
je crains, vous parlez de bons sens, mais
vous avez un fils à qui je ferois tort.

LA MERE.

Au contraire, à present que vous voila riche, vous rétabliriez les affaires de
sa maison, où trouveroit-il un beau-pere
aussi habile que vous.

ARISTE.

Il est vray que.

LA MERE.

Un aussi honneste homme.

ARISTE.

J'en conviens.

LA MERE.

Si vous m'abandonnez, je suis ruinée.

ARISTE.

D'accord.

LA MERE.

Abismée.

ARISTE,

Tout cela est vray; que vous estes sedui-
sante, Madame; de mettre ainsi la raison
du costé de l'amour.

LA MERE.

Ha vous voila le convaincu, j'admire
qu'une folle comme moy soit plus forte
en morale que Monsieur Ariste; ç'a voila

F

donc noftre mariage refolu, nous le terminerons dans quelques jours.

ARISTE.

Dans quelques jours, dites-vous, le Ciel
foit loüé, vous me donnerez le temps de
faire des reflexions.

LA MERE.

Comment donc.

ARISTE.

Vous me donnez le temps de terminer
avec la Veuve.

LA MERE.

Mais fi je vous époufois dés aujour-
d'huy, cela nuiroit au mariage de mon
fils ; voudroit - on fe charger d'un fils que
vous pourriez empefcher d'eftre unique.

ARISTE.

En nous mariant fecretement, nous pour-
rions cacher la chofe, jufqu'à ce que voftre
fils fuft pourveu.

LA MERE.

Oh je ne puis pas terminer fi-toft, cela fe-
roit tort à un fils dont je n'ay point lieu de
me plaindre ; c'eft tout ce que je pourrois
faire s'il me defobeïffoit, ç'a faites le chercher, & amenez-le moy là dedans que nous
penfions à fon mariage.

SCENE XII.

ARISTE.

EN la preſſant trop, je ſerois ſuſpect;
cependant ce Capitaine va publier ce
teſtament qui me dépoſſede, la Marquiſe
ne voudra plus de moy, il faut tout riſquer
pour la preſſer, ſi je pouvois l'irriter contre ſon fils, elle termineroit bruſquement.

SCENE XIII.

ARISTE, VALERE.

VALERE.

JE vous cherche, Monſieur, pour vous
parler en particulier, j'ay beſoin de vos
conſeils; mais avant de vous declarer mon
ſecret, permettez - moy de vous demander
ſi je puis conter ſur voſtre amitié; eſtes-
vous mon amy?

ARISTE.
Mille bonnes qualitez vous ont acquis

F ij

mon cœur ; mais le nom d'amy ne se doit
donner que long-temps aprés le cœur ; cependant vous avez besoin de moy , je puis
vous estre utile , cela me détermine à vous
donner avant le temps ce nom d'amy , si
commun , & si peu connu dans le monde ;
ce nom qu'on donne si facilement , & dont
les devoirs sont si difficiles à remplir ; en
un mot ce nom qui me livre à vous sans
reserve : contez donc sur moy , je suis vôtre amy.

VALERE.

Vous dire que je suis le vôtre , c'est selon vous ; la plus forte reconnoissance que
je puisse vous témoigner ; le secret que je
vous confie , Monsieur , c'est que j'aime la
plus charmante personne du monde , c'est
Angelique , si ma Mere sçavoit que je pense à une fille desheritée , elle seroit femme
à me desheriter moy-mesme : cependant
Angelique desheritée , m'en a paru mille
fois plus aimable , & son malheur a re-
doublé ma passion.

ARISTE.

Je ne croyois pas qu'il y eut encor un
cœur fait comme le mien.

VALERE.

Reparer l'injustice que la fortune fait au
merite.

ARISTE.

Quelle volupté, quelle volupté.

VALERE.

Peut-on faire un usage plus charmant
des richesses.

ARISTE.

Voila comme je parlerois.

VALERE.

C'est en ce cas qu'il est permis à un galant homme de faire attention au plaisir
d'estre riche.

ARISTE.

C'est moy qui parle, quelle conformité
entre nous, mesmes maximes, mesmes
sentimens, embrassez-moy mon cher Monsieur, nous ne pouvions manquer d'estre
amis.

VALERE.

La grace que je vous demande, c'est
Monsieur que...

ARISTE.

Je vous entends, que je détourne le mariage dont vostre Mere vous menace.

VALERE.

Ouy, Monsieur, mais il faudroit...

ARISTE.

Que vous ne parussiez point refuser.

VALERE.

Justement.

ARISTE.

Et enfuite je difpoferay voftre Mere à ce que vous fouhaitez.

VALERE.

Vous entrez dans mes interefts comme moy-mefme.

ARISTE.

Le vray amy penetre, devine, previent fans ceffe ; Mais il me vient une idée, je crois que voftre Mere eft déja informée de voftre amour.

VALERE.

Cela ne fe peut.

ARISTE.

Cependant elle m'a tenu tantoft certains difcours.

VALERE.

Elle ne peut s'en douter, je n'ay confié ce fecret qu'à vous.

ARISTE.

Je croy mefme en avoir entendu dire quelque mot dans le logis.

VALERE.

Je ferois perdu.

ARISTE.

Quoyqu'il en foit, je r'accommoderay tout, fiez-vous à moy, mais je vous con-feille d'éviter vôtre Mere ; le refte du jour elle vous attend pour vous marier, il faudroit ou obéïr, ou l'irriter.

VALERE.

Vôtre conseil est tres prudent : je vais où
vous me laissâtes hier.

ARISTE.

Fort bien, j'iray vous avertir de ce que
j'auray fait pour vous.

SCENE XIV.

ARISTE, LA VEUVE.

ARISTE.

C ET amour vient tout à propos pour
broüiller le Fils avec la Mere, pour
l'en instruire sans estre suspect, il faut...
oüy.... un billet d'une écriture contre-
faite.

LA VEUVE.

Je vous cherche, Monsieur, pour m'é-
claircir sur une lettre qu'on vient de me
montrer, & que je ne croy point, car on
peut contrefaire une lettre : c'est d'une fille
à qui vous avez promis mariage. Ah !
Monsieur Ariste, si vous estiez capable de

tromper une perſonne qui vous aime-
roit , je vous croirois capable de toutes
les fauſſetez qu'on dit de vous. Vous ne
répondez point , vous eſtes tranquille.

ARISTE.

La calomnie étonne , irrite les gens d'u-
ne probité douteuſe ; mais ceux qui par une
vertu averée...

LA VEUVE.

Comme la vôtre.

ARISTE.

Se ſentant au deſſus des ſoupçons mêmes , demeurent intrepides , froids , &
tranquilles.

LA VEUVE.

Et tranquilles ?

ARISTE.

Ainſi laiſſant aux demy vertueux les juſti-
fications & les ſermans , je vous diray ſim-
plement , uniment : Cela n'eſt pas vray.

LA VEUVE.

Cela n'eſt pas vray , ah ! que voilà bien
ce langage de l'innocencé : Cela n'eſt pas
vray.

SCENE XV.

ARISTE, LA VEUVE,
LE CAPITAINE.

LE CAPITAINE.

Madame, on vient encore de m'apprendre.....

LA VEUVE.

Cela n'eſt pas vray.

LE CAPITAINE.

Vous ne ſçavez pas dequoy il s'agit.

LA VEUVE *ſans l'écouter.*

Cela n'eſt pas vray.

LE CAPITAINE.

Puiſque vous le voulez donc Monſieur
Ariſte eſt homme d'honneur.

LA VEUVE *ſans l'écouter.*

Cela n'eſt pas vray.

LE CAPITAINE.

Vous l'avez dit.

LA VEUVE.

Et une preuve que tout ce qu'on dit de
luy eſt faux, c'eſt que je l'épouſeray dés aujourd'huy ; car enfin, Monſieur, on a beau

dire que vous avez un Teſtament contre luy, ſi vous l'avez, que ne le montrez-vous ?

LE CAPITAINE.

Si je vous le montrois, épouſeriez - vous Monſieur ?

LA VEUVE.

Oüy, Monſieur, je l'épouſerois, oüy ; car il m'a offert de bonne foy ce qu'il croit avoir, je luy donnerois tout, ſi je l'avois.

ARISTE.

Laiſſez - moy icy ménager vos intereſts avec cet homme - là.

LA VEUVE.

Débarraſſez - m'en donc vîte ; car je ſuis laſſe de toutes ſes mal - honnêtetez.

LE CAPITAINE.

Vous m'outragez, la Veuve.

SCENE XVI.

LE CAPITAINE, ARISTE.

ARISTE.

LEs femmes sont sujettes à des soupçons mal fondez, je ne crains rien moy, je suis certain que j'ay tout, & j'ay tout offert en un mot, j'ay fait mon devoir en offrant mes biens & ma personne.

LE CAPITAINE.

C'est trop d'un article.

ARISTE.

Qu'entendez - vous par là ? expliquez-vous de grace.... faites - moy part de vos réflexions.

LE CAPITAINE.

Je fais réflexion que je suis un sot, vôtre manœuvre est plus fine que la mienne : je vous avois rendu un paneau pour vous éloigner de la Veuve, & vous vous en estes servy pour aborder ; vous avez penetré un secret que je croyois impenetrable, c'est que j'avois cecy en poche : lisez.

ARISTE.

Un second Testament ? ah Ciel ! quelle surprise est la mienne !

LE CAPITAINE.

Cela ne vous surprend pas, mais cela vous fâche ; car j'ay interest de vous couler à fonds auprés de la Veuve : j'ay senty renaître en moy-même une vieille envie de l'épouser.

ARISTE.

J'avoüe que je ne puis sortir de mon étonnement.

LE CAPITAINE.

Je vous y laisse : je voulois capituler avec vous, & c'est pour cela que je n'ay pas voulu montrer cecy à la Veuve ; mais puisque vous faites tant l'étonnée, je vais luy dire cecy en main : que si elle vous prefere à moy, que je garderay tout son bien , je le feray comme je le dis : ajoutez cela à vôtre étonnement.

ARISTE *r'appellant le Capitaine.*

Monsieur , Monsieur.

LE CAPITAINE.

Vous battez la chamade , capitulons.

ARISTE.

Si vous jugez mal de mes démarches, j'appelle de vos jugemens à moy-même ,

car

car chacun porte dans son cœur ce Tribunal...

LE CAPITAINE.

Monse du Tribunal ! mentez - vous
quelquefois ?

ARISTE.

La question est brusque : sçachez que je
suis un homme vray, mais extrémement
vray.

LE CAPITAINE.

Je suis un peu faux moy, un peu casuel,
hé ! vôtre parole vaut - elle quelque chose ?

ARISTE.

Ma parole, j'en suis esclave.

LE CAPITAINE.

Je suis le maître de la mienne, je la fais
servir à mes besoins ; & vous sentez-vous
capable d'une belle action , d'une action
genereuse.

ARISTE.

Les belles actions sont les enfans du
cœur, & ....

LE CAPITAINE.

Je mourray sans enfans, moy. L'action
genereuse que je vous demande, c'est que
vous m'aidiez à guerir la Veuve de l'amour
qu'elle a pour vous, & de la haine qu'elle
a pour moy ; & en échange je favoriseray
vos desseins sur certaine Marquise, vous

G

estes vrayement surpris pour le coup. Je
sçay vos secrets, on m'a dit que vous voulez l'épouser.

ARISTE.

On vous l'a dit.

LE CAPITAINE.

Ouy. ARISTE.

Asseurément.

LE CAPITAINE.

Ouy parbleu,

ARISTE.

Tres-asseurément.

LE CAPITAINE.

J'en jure, mais est-il vray que vous y
pensiez. ARISTE.

Moy, non.

LE CAPITAINE.

Assurément.

ARISTE.

J'ay dit non, cela suffit.

LE CAPITAINE.

Vous m'avez fait jurer moy.

ARISTE.

Mes sermens sont ouy & non,

LE CAPITAINE.

Ouy & non, ce n'est pas jurer, mais
c'est mentir quelquefois ; par exemple
quand vous avez dit ouy en justice, autre

Il luy montre la lettre que Froſine a priſe à Flamand.

lecture, c'eſt une lettre d'Agnés Doucet ; je cacheray cecy aux deux Veuves, & cacheray auſſi le teſtament que j'ay juſqu'à ce que vous ayez épouſé la Marquiſe qui vous croit riche, je vous ſerviray auprés de cette Veuve-là, & vous me ſervirez auprés de la mienne : en un mot, partageons les Veuves : vous heſitez Monſieur, ſi vous me craignez ſoyez genereux : Hé bien vous ſentez-voûs net, examinez-vous bien devant ce Tribunal, vous paliſſez, la probité à peur. ARISTE.

J'ay peur, je vous l'avouë, j'ay peur que cette impoſture ne vous faſſe attribuer à ma crainte le pas que je vais faire ; cependant pour l'intereſt ſeul de la Veuve, je dois vous la ceder, à vous qui éſtes maître du bien que je luy avois offert, je vous promets par ce motif ſeul d'agir auprés d'elle pour vous contre moy-meſme ; entrez toûjours Monſieur, j'ay un mot à écrire chez moy, & je redécens.

LE CAPITAINE.

Venez promptement luy parler, comme vous le promettez ; car je ſuis homme à faire perdre la parole, à un homme qui m'en manqueroit.

Fin du ſecond Aſte.

G ij

ACTE III.
SCENE PREMIERE.

LE CAPITAINE, FROSINE.

LE CAPITAINE.

UAIS mon homme ne tedeſcend point, cela m'inquiette.

FROSINE.

Il eſt là dans cette galerie avec Angelique, il tâche de la perſuader qu'elle ſe laiſſe épouſer par Valere incognito, ſans le conſentement de la Marquiſe, nous penetrons les veuës du traitre, & nous eſperons tirer de luy quelque trait de fourberie, qui achevera de faire ouvrir les yeux à la Veuve, ſur la difference qu'il y a de vous à Ariſte.

LE CAPITAINE.

Tu redoubles mon inquietude Froſine.

FROSINE.

J'eſpere pourtant que la nouvelle tentative que nous projettons, fera connoître à la

Veuve qu'Arifte eft un fourbe, & que vous
eftes le plus honnefte homme.

LE CAPITAINE.

Mon inquietude augmente à mefure que
tu parles ; car depuis que je fuis entré icy,
tu ne fais que me loüanger, tu crie fans ceffe que je fuis honnefte homme, & cela me
fait tort.

FROSINE.

Vous dites autant de mal de vous, qu'A-
rifte dit de bien de luy ; & quand un homme
dit, je ne vaux rien, & que l'autre dit, je
vaux beaucoup, je croy qu'ils ont menty
tous deux.

LE CAPITAINE.

O tu m'impatientes ! car j'ay intereft de
paffer icy pour un méchant homme, pour
un pirate ; & afin de démafquer noftre faux
honnefte homme, il faut que je paroiffe
                        Il luy donne de l'argent.
auffi fourbe que luy, tiens voila ce que je te
donne pour dire mal de moy.

FROSINE.

Si on payoit toutes les médifances à ce
prix là, que les femmes feroient riches.

LE CAPITAINE.

Puifqu'il faut te faire la confidence en-
tiere, je n'ay nulle envie d'époufer la Veu-

ve, mais je ne laiſſe pas de luy vouloir du
bien, ce n'eſt pas ſa faute ſi elle me hait, je
ne ſuis pas fait pour donner de l'amour;
j'ay donc voulu la détromper de ſon homme d'honneur, avant que de luy rendre
ſon bien, qu'elle luy auroit donné d'abord
au prejudice de ſa niéce.

FROSINE.

Helas ſi elle le tenoit encor à preſent, elle
luy le donneroit tout, & nous n'aurions
rien, que vous avez agy prudemment; mais
pourquoy n'avez-vous pas montré le teſtament que vous avez.

LE CAPITAINE.

C'eſt pour mieux faire donner noſtre
homme dans le piege que je luy tends.

FROSINE.

Ha! je comprends à preſent toute voſtre
conduite, qu'elle eſt cenſée, & que
vous avez bien raiſon de vouloir qu'Ariſte
vous croye auſſi fourbe que luy.

LE CAPITAINE.

Je tremble de peur qu'il ne me ſoubçon-
ne d'eſtre aſſez bon homme pour vouloir
rendre le bien à la Veuve; car enfin s'il
oſoit riſquer de l'épouſer à preſent, que
pourrois-je faire, il faudroit bien rendre
ce que j'ay.

FROSINE.

Nous ferions perdus, je tremble du peril que nous courons, s'il alloit deviner que vous eftes, *tout bas.* Je ne le diray plus que cette fois là... le plus honnefte homme; mais voicy Valere, nous avons befoin de luy pour voftre deffein.

LE CAPITAINE.

Je vay dire un mot en paffant à noftre homme, pour commencer à engager l'affaire.

SCENE II.

VALERE, FROSINE.

VALERE.

FRofine, j'ay intereft de ne point paroâ-tre icy; mais fur ce qu'on m'a dit de ta part je hazarde tout.

FROSINE.

Il y a une heure que je vous fais chercher par tout, j'ay mille chofes à vous dire, la premiere, c'eft que vôtre Mere depuis un moment a fait une fottie fur moy, comme fi j'eftois coupable, comme fi les fuivantes estoient complices de l'amour qu'on a pour leurs Maîtresses.

VALERE.

Quoy ! ma Mere sçait mon amour ?

FROSINE.

Il ne s'agit plus de le cacher, il s'agit de le rendre legitime.

VALERE.

Ma Mere va me desheriter, je suis perdu.

FROSINE.

Il s'agit à present de.... vôtre Mere vient fondre sur vous, l'orage va tomber : mettons - nous à l'abry

SCENE III.

VALERE, LA MERE.

LA MERE.

JE viens d'apprendre une nouvelle agreable, on dit que tu épouses Angelique.

VALERE.

Ah ! Ma Mere, vous allez éclatter contre elle.

LA MERE.

Me vois - tu fulminer, tempêter, menacer ?

VALERE.

Elle va estre exposée à vôtre colere.

LA MERE.

Je suis assez tranquille, ce me semble.

VALERE.

Si vous aviez la bonté d'entendre mes raisons....

LA MERE.

Tu vois que je t'écoute agreablement.

VALERE.

Seroit - il possible que vous approu-vassiez ?

LA MERE.

Pour approuver, non, mais je ne me fâche point.

VALERE.

Ah ! le ton dont vous me parlez me fait connoître....

LA MERE.

Je ne me chagrine point, te dis - je ; au contraire tu refuse un riche party : cette Angelique n'a rien, je te laisseray peu, & peu de chose avec rien, cela fera un établis-sement ridicule qui me réjoüira.

VALERE.

Je vous entends.

LA MERE.

Ce qui me rejoüit le plus, c'est que tu crois me fâcher, quand tu me fais plaisir ;

mais ce qui s'appelle plaisir à la lettre, plaisir, car en me désobeïssant tu m'autorises à faire une certaine démarche, je n'attendois qu'un pretexte, tu me le fournis, cela est heureux.

VALERE.

Vous m'allez desheriter ?

LA MERE.

Non, mon Fils, non, mon cœur, ce n'est point là mon intention, desheriter un Fils unique, il faudroit estre bien dénaturée, bien inhumaine : je prens un party plus humain, je me remarie.

VALERE.

Vous, ma Mere ?

LA MERE.

Oüy, mon enfant, je me remarie, & je me remarieray tant, tant que je te donneray une douzaine de freres, & de sœurs ; cette maniere de desheriter est bien plus réjoüissante que l'autre.

VALERE.

Vous plaisantez, ma Mere, je suis persuadé que vous n'avez nulle inclination.

LA MERE.

Je suis persuadée que j'en ay, mais je fais mes affaires plus secretement que toy, je leveray pourtant bien-tost le masque, tu suis ton petit penchant sans crainte de me déplaire, je suivray le mien sans me soucier de re faire tort.

VALERE.

Je ne voy pas sur qui vous pourriez avoir jetté les yeux.

LA MERE.

Tu as jetté les yeux sur une personne aimable, je t'en offre autant.

VALERE.

Plus j'y pense, & moins je devine.

LA MERE.

Ton Angelique est charmante, mais tu verras celuy que j'auray épousé, c'est un grand garçon bien bâty.

VALERE.

Je m'y perds.

LA MERE.

Au moins, mon Fils, je te promets de regarder ma bru de bon œil, mais ne t'avise pas de faire la grimace à ton beaupere.

SCENE IV.

LA MARQUISE, VALERE,
ANGELIQUE, FROSINE.

LA MARQUISE.

Elle vient à moy, tu vas voir le bon accüeil que je luy feray.

VALERE.

Que veut Angelique à ma Mere ?

LA MARQUISE *embraſſant Angelique.*

Que je vous embraſſe, vous eſtes charmante : qui a-t'il pour vôtre ſervice, venez-vous me demander mon conſentement ?

ANGELIQUE.

Non, Madame, je viens vous donner, un avis qui vous regarde.

LA MARQUISE.

Dequoy s'agit-il ? parlez.

ANGELIQUE.

Madame, ſans trop penetrer ces vûës que Monſieur Ariſte peut avoir ſur vous, j'ay crû qu'il vous étoit important de connoître à fonds ſon caractere.

LA MARQUISE

LA MARQUISE.

Je le croy tres - honnête homme.

ANGELIQUE.

Cet honnête homme - là, Mademoiselle, après une longue conversation, où j'ay crû de mêler qu'il avoit grand interest de vous broüiller avec Mr vôtre Fils, m'a enfin proposé de l'épouser sans vôtre consentement. **LA MARQUISE.**

Que me dites - vous là, Monsieur ?

VALERE.

Ce que j'entens me fait soupçonner....

LA MARQUISE.

Il me revient aussi quel que leger soupçon.

VALERE.

Pardonnez ma curiosité, ma Mere, qui vous a instruite de mon amour.

LA MARQUISE.

Ta curiosité excite la mienne, Monsieur Ariste t'a - t'il conseillé tantôt de m'obéïr ? **VALERE.**

De grace, ma Mere, Monsieur Ariste sçait - il ce dessein que vous avez de vous remarier ?

LA MARQUISE.

Je comprens qu'il est bon d'éclaircir la chose : ne nous dissimulons rien, mon Fils, & pour l'interest commun r'accommodons - nous ensemble, nous nous re-

H

broüillerons toûjours bien aprés.

ANGELIQUE.

Sans vous expoſer à un éclairciſſement
deſagreable, vous pouvez conter qu'Ariſte
vous trahiſſoit tous deux.

VALERE.

Je commence à voir que c'eſt le plus
grand fourbe....

ANGELIQUE.

En vous détrompant d'un homme que
vous eſtimez, Mademoiſelle, je vous fais
peut-eſtre quelque chagrin ?

LA MARQUISE.

Non, Mademoiſelle, non, j'ay beaucoup de force d'eſprit, & nulle foibleſſe de
cœur; je voulois un mary honnête homme, celuy-là ne l'eſt pas; que m'importe,
je trouveray un autre brave beau-pere à
mon Fils, pour le punir, s'il me déſobeït,
j'ay plus d'une punition en tête.

VALERE.

Plus je penſe à la trahiſon d'Ariſte, &
plus je ſuis ſaiſi d'indignation.

LA MARQUISE.

Quand je penſe qu'il ne s'en eſt rien fallu
que je n'aye eſté la femme d'un ſcelerat,
je trouve cela plaiſant.

VALERE.

Un homme peut-il imaginer une telle
perfidie ?

LA MARQUISE.

Cet homme - là imagine plus agréable-
ment qu'un autre.

VALERE.

Il y a là une noirceur.

LA MARQUISE.

Une noirceur amour de rire.

VALERE.

Mais, ma Mere, vous ne faites pas aſſez
d'attention au malheur qui vous menaçoit,
c'eſt Angelique qui vous en garantit :
quelles obligations ne luy avez - vous
point ?

LA MARQUISE.

Tu me fais ſouvenir que j'en ay toute la
reconnoiſſance poſſible.

ANGELIQUE.

L'obligation que vous m'avez, c'eſt d'a-
voir pû me contraindre aſſez, pour écouter tranquillement les propoſitions indigues
qu'il m'a faites, j'ay voulu feindre de les
accepter, afin que vous puiſſiez vous con-
vaincre par vous-même, en ſuivant cela, ſi
vous ne m'en croyez pas ſur ma parole.

LA MARQUISE.

J'admire ſa prudence & ſa ſageſſe : ſçais-
tu bien, mon Fils, que je commence à
trouver qu'elle merite aſſez l'eſtime que tu
as pour elle.

H ij

VALERE.

C'eft dommage qu'un fi grand merite foit fi mal dotté.

ANGELIQUE.

Ce que j'ay fuffit pour entrer dans une re-traite.

LA MARQUISE.

Sa fierté mefme eft aimable.

ANGELIQUE.

C'eft le party que je vais prendre, Mon-fieur, ne vous flattez plus d'aucune efpe-rance dans la difpofition où je voy ma tante ; je n'ay plus nulle refource , comp-tez là deffus , & prenez le party d'obéïr à Madame, je vous en conjure par toute la tendreffe que vous avez pour moy.

LA MARQUISE.

Cela me touche , & cela me penetre, & peu s'en faut que je ne confente.

ANGELIQUE.

Non , Madame, voftre confentement fe-roit inutile , je ne veux point devoir ma fortune à un époux.

VALERE.

Quoy vous craindriez.

ANGELIQUE.

Je ne crains point qu'un galant homme comme vous en vint aux reproches , mais vous pourriez aller jusqu'aux reflexions.

LA MARQUISE.

Plus elle parle, plus elle me gagne le cœur, quoy si je consentois en ce moment.

ANGELIQUE.

Non, Madame.

LA MARQUISE.

Si je souhaittois que vous fussiez ma fille.

ANGELIQUE.

Non, vous dis-je.

LA MARQUISE.

Si je vous en priois, si je vous en conjurois.

ANGELIQUE *se leva.*

Adieu Madame.

VALERE *courant aprés.*

Ah ! que vous estés cruelle, pourquoy ces delicatesses outrées, puisque ma mere le souhaite, elle vous en prie, elle vous en conjure.

SCENE V.

LA MARQUISE, VALERE, FROSINE.

VALERE.

Elle fuit.

AH! ma Mere, conservez pour elle cette bonne volonté.

LA MARQUISE.

Elle prend la chose à merveille, car dans le fonds, ce qui me charme en elle, c'est la generosité, si elle acceptoit, elle cesseroit d'estre genereuse, & je cesserois peut-estre d'estre charmée.

VALERE.

Quoy vous changez déja.

LA MARQUISE.

Point du tout, je sens réellement que je la souhaite; mais si elle commençoit à vouloir, je ne voudrois peut-estre plus, car il faudroit que je fusse fole vous aimant tous deux, de vous marier, n'ayant pour tout bien que l'esperance d'heriter de moy, vous seriez morts de faim avant que je mourusse de vieillesse.

FROSINE.

Madame a raison, il faut que vous épousiez une fille opulente ; mais Madame si par hazard Angelique devenoit riche.

LA MARQUISE.

Je prefererois en elle une richesse mediocre à l'opulence d'un autre.

FROSINE.

Rendez-luy donc service en cette occasion, vous Monsieur commencez par entrer chez la Veuve, car les moments sont chers, exagerez luy bien la trahison....

VALERE.

J'entends, je luy dépeindray la trahison d'Ariste, avec des couleurs si vives.

FROSINE.

Entrez promptement.

SCENE VI.

LA MERE, FROSINE.

LA MERE.

C'A en deux mots, que faut-il que je fasse moy.

FROSINE.

Comme vous auriez fait si vous vouliez

encore l'épouser , amusez-le toujours , &
pour cause , je viens de luy dire rage du
Capitaine : il est entré chez vous apparamment pour presser vos nopces.

LA MERE.

Non , je le vois encore dans la galerie ;
je vais luy dire de m'aller attendre chez
moy pour terminer ; moy j'entreray chez
la Veuve sans qu'il le voye.

FROSINE.

Fort bien , nous parlerons tous de concert à la Veuve sans qu'il y soit.

LA MERE.

Je cours le fixer , contes sur moy.

SCENE VII.

FROSINE.

AH ! respirons un moment, après avoir
pris de mesures si justes , nous serions
bien mal-heureux s'il alloit deviner qu'il
pourroit épouser à present la Veuve sans
rien risquer , mais l'esperance de la Marquise l'amusera pendant que...

SCENE VIII.

FROSINE, FLAMAND.

FLAMAND.

Ouy tout ce qu'on dit de mon Maître est faux, tous ceux qui disent du mal de sa probité sont des ignorans : ha ! Frosine, tu me vois dans une colere.

FROSINE.

Hé dequoy.

FLAMAND.

Où est mon Maître, que j'aille le mettre en colere aussi.

FROSINE.

Patience, conte moy.

FLAMAND.

Comme j'entrois là dedans pour le chercher, j'ay entendu ce Valere qui dit de fauss setez de mon Maître : par la morbleu !

FROSINE.

Doucement.

FLAMAND.

Non, l'affection me monte à la tête, dire que mon Maître fait des friponneries....

FROSINE.

Parle donc bas.

FLAMAND.

Je veux me fâcher tout haut moy.

FROSINE.

Veux - tu te taire ?

FLAMAND.

Non, Frosine, car l'affection....

FROSINE.

Tais - toy donc.

FLAMAND.

Oüy , mon affection va dire à mon Maître....

FROSINE.

Garde - t'en bien.

FLAMAND.

Je veux luy dire qu'il est honnête-homme, & que....

FROSINE.

Veux - tu m'écouter ? tu vas perdre ta fortune , si tu ne veux parler bas.

FLAMAND

Ma fortune , dis - tu ?

FROSINE.

Oüy , vrayement , car tout ce qu'on dit là dedans à la Veuve ,c'est parce que la Veuve veut épouser ton Maître.

FLAMAND.

L'épouser ! Et elle en dit la rage.

FROSINE.

Hé ! le gros animal ! n'eſt-ce pas à la Veuve qu'ils diſent tout ce mal-là de ton Maître ?

FLAMAND.

Hé bien, oüy.

FROSINE.

Hé bien, oüy, pour dégoûter la Veuve de ton Maître, afin qu'elle le cede à la Marquiſe ; ne ſommes-nous pas convenus toy, & moy tantoſt....

FLAMAND.

Ha ! je m'en ſouviens, c'eſt la fineſſe que tu as trouvée tantoſt.

FROSINE.

La fineſſe, oüy.

FLAMAND.

O ! ſi c'eſt pour épouſer la Marquiſe, je donne mon conſentement.

FROSINE.

Ton Maître vient : retire-toy, que je luy parle ſeule.

FLAMAND.

Je m'en vais encore écouter là dedans, je riray bien à cette heure, que je ſçay la fineſſe !

SCENE IX.

FROSINE, ARISTE.

FROSINE.

AH ! Monſieur, nous n'avons plus d'eſperance qu'en vous, qu'en vôtre bon cœur, qu'en vôtre probité ; car enfin nous voyons bien que le Capitaine nous trompe, je vous l'ay déja dit, il n'a point de teſtament: il vouloit nous faire peur pour attraper la Veuve, le ſcelerat qu'il eſt ; mais la Veuve eſt enragée contre luy, pour les calomnies qu'il a faites contre vous.

ARISTE.

Hon, je haïs les fourbes.

FROSINE.

C'eſt le plus grand fourbe que ce Capi-taine.... ### ARISTE.

Ces gens-là n'ont point de principes.

FROSINE.

C'eſt un homme ſans foy, ſans honneur, que ce Capitaine.

ARISTE.

Taiſez-vous, je n'aime point à entendre parler mal de perſonne.

FROSINE.

FROSINE.

Je sçay de luy les actions les plus noires, les plus abominables, il medite quelque trahison pour nous ruiner.

ARISTE.

Il m'en a touché quelque chose.

FROSINE.

Ah! Monsieur, s'il vous propose quelque friponnerie contre nous, empêchez-la, je vous prie ; si nous faisions semblant de nous défier de luy, il nous abîmeroit tous, hé Monsieur, prenez bien contre luy nos interests, c'est de vous seul que nous attendons nôtre bon-heur, protegez-nous, servez-nous de pere.

ARISTE.

Vous serez tous contens de moy.

SCENE X.

ARISTE.

Tout cecy commence à bien aller, ce Capitaine veut s'accommoder de bonne foy, & c'est son interest.

I

SCENE XI.

ARISTE, FLAMAND.

FLAMAND.

REjoüiſſez - vous, Monſieur, réjoüiſ-
ſez - vous.

ARISTE.

Hé dequoy, Flamand ?

FLAMAND.

La joye fait que je ne ſçaurois me taire, car tout le monde travaille là dedans
pour vôtre fortune.

ARISTE.

Que veux - tu dire ?

FLAMAND.

Je veux dire vôtre profit & vôtre bien, car
on travaille à dégoûter la Veuve de vous, &
elle croit déja quaſi que vous n'êtes pas honnête homme, la manigance va bien enfin.

ARISTE.

Explique - toy.

FLAMAND.

J'ay entendu....

ARISTE.

Tu as entendu.

FLAMAND.

Ah ! ils font tous les plus drôlles de

personnages , cela m'a bien réjoüy.

ARISTE.

Quels personnages ? parle.

FLAMAND.

Le Capitaine dit que c'est vous qui avez filouté tout le Testament de la succession , & qu'il n'a rien luy.

ARISTE à part.

Il me tient parole , cela va bien.

FLAMAND.

Ne vous le dis - je pas que cela va bien , car ils disent tous que vous en avez bien volé d'autres , & moy finement qui faisois semblant de faire comme si tout cela estoit vray, vous m'avez bien de l'obligation au moins ; car c'est moy qui ay inventé la finesse de dire du mal de vous à la Veuve, & je viens de voir que cela fait rire la Marquise.

ARISTE.

Quoy ! la Marquise est là dedans ?

FLAMAND.

Vrayement , c'est elle qui fait le mieux pour vous , elle dit que vous estes un fourbe , un mal - heureux.

ARISTE.

Elle dit ?

FLAMAND.

Que vous avez eu des trahisons avec elle.

ARISTE.

Ah ! Ciel !   I ij

FLAMAND.

Que vous estes un homme sans honneur,
un maraut, moy qui sçavois la finesse, je
riois.

ARISTE.

Je suis perdu.

FLAMAND.

Celuy qui a le mieux fait, c'est Valere,
car il fait semblant d'être enragé contre
vous, avec des noms de traître, de coquin,
& plus il disoit rage de vous, & plus je riois.

ARISTE *se mordant le pouce.*

Hon....

FLAMAND.

Oüy, disoit-il à la Veuve, Aristo est le
plus infame scelerat, il meriteroit cent
coups de bâtons, & moy de rire.

ARISTE.

Hon.

FLAMAND.

Je m'en retourne vîte, écoutez à quoy
ils en sont, & si la Veuve est bien-tôt dé-
goûtée de vous, afin qu'elle vous laisse é-
pouser la Marquise, ha, ha, ha, je vais
bien rire.

SCENE XII.

ARISTE.

ME voilà perdu de reputation, ruiné, abîmé, fortons d'icy.... mais voyons l'accommodement que ce Capitaine veut faire.

SCENE XIII.

ARISTE, LE CAPITAINE.

LE CAPITAINE.

NOn morbleu, Madame, non ventrebleu, je ne vous ménageray plus, je ne puis plus tenir contre fes mépris, je suis outré de colere contre-elle, aidez-moy à me vanger.

ARISTE.

Ce n'eſt pas ma faute, Monſieur, ſi elle manque de veneration pour vous.

LE CAPITAINE.

Par la morbleu.

ARISTE.

Il n'y a rien que je ne ſacrifie.

LE CAPITAINE.

Je ſuis content de vous, touchez là.

ARISTE.

Si j'ofois pretendre à l'honneur de vôtre amitié.

LE CAPITAINE.

Touchez-là, vous dis-je.

ARISTE.

J'ay toujours fouhaité de...

LE CAPITAINE.

Touchez-là, vous eftes un fripon.

ARISTE.

Monfieur.

LE CAPITAINE.

Vous eftes un homme fans foy, & c'eft ce qui vous attire ma confiance.

ARISTE.

Monfieur.

LE CAPITAINE.

Je vais vous ouvrir mon cœur, parce que je fçais que vous eftes un traître.

ARISTE.

Je me juftifieray.

LE CAPITAINE.

Gardez-vous-en bien, je fuis rayy que vous ne valiez rien, car je ne vaut pas grand chofe, & nous nous en accomoderons mieux tous deux enfemble; l'accomodement dont il s'agit, c'eft qu'ayant renoncé à la Veuve, je ne veux pas pour cela renoncer au bien dont je fuis nanty; mais j'ay une reputa-

tion à garder, je suis homme de guerre, si
vous me contraignez de montrer le testament que j'ay, on verra qu'un amy me
laisse tout son bien, le monde s'imaginera
qu'il a eu intention que je le donne à sa
Veuve ; j'auray beau dire qu'on n'est pas
obligé à deviner les intentions, on me
chasseroit du service sans m'écouter, cela
m'a fait resoudre à partager avec vous le
profit, sans partager l'avanie : pour cela je
jette tout le soupçon sur vous, & j'ay pu-
blié que je n'avois rien pour vous charger
du paquet : vous comprenez bien ?

ARISTE

Oüy, Monsieur, vôtre idée est bonne,
& vous y gagnerez encore en partageant,
car je sçay le secret de cette affaire-cy.

LE CAPITAINE.

Hé oüy, je profiteray de vôtre sçavoir
faire, & vous donnerez à cela un tour.

ARISTE.

Le tour est naturel, car dans le fonds
c'est une justice.

LE CAPITAINE,

Justice, injustice, laissons-là le jeu des
mots, je vous disois donc que tout le monde connoissant vos trahisons....

ARISTE.

Monsieur, de grace....

LE CAPITAINE.

Ne m'interrompez pas, je vous dis qu'il vous siéra mieux qu'à moy, à vous qui avezdéjafur le corps d'autres friponneries.

ARISTE.

Servez-vous d'autres termes.

LE CAPITAINE.

Ne perdons point de temps à choisir des termes, je ne suis pas poly, je suis homme de mer : vous donc qui n'avez plus de reputation à ménager, vous pourrez effrontement....

ARISTE.

Monsieur.

LE CAPITAINE.

Encore, hé morbleu ! il s'agit bien de cela entre nous, passez-moy, que vous estes un maraut, & ne m'interrompez plus.

ARISTE.

Je vous admire, il y a dans vos brusqueries un fonds de franchise aimable ; j'aime la sincerité jusques dans les calomnies.

LE CAPITAINE.

Voicy le fait, nous partagerons la succession à l'abry du testament que vous avez, & du mien j'en bourreray mon fusil : je n'entends pas les affaires, mais cela est net.

ARISTE.

J'y confens volontiers, je vous affureray
fecrettement vôtre part, fans qu'on puiffe
vous foupçonner.

LE CAPITAINE.

Voilà un brave homme.

ARISTE.

J'imagineray de raifons vray - fembla-
bles que vous appuyerez.

LE CAPITAINE.

Volontiers, car vous me paroiffez bonne
perfonne à prefent.

ARISTE.

Ne perdons point de temps, allons é-
crire.

LE CAPITAINE,

Voilà ce qui s'appelle parler franchement, vous valez cent fois mieux comme
cela dans vôtre naturel, que quand vous
eftiez heriffé de grandes maximes.

ARISTE.

Aydez - moy à fortir d'icy avec honneur.

LE CAPITAINE.

Imaginez, j'appuiray.

SCENE XIV.

ARISTE, LA VEUVE, FROSINE, ANGELIQUE, VALERE, LA MARQUISE.

LA VEUVE.

MOnſieur, je ne viens plus vous pro-
poſer le mariage, vous eſtes engagé
de cœur avec Madame la Marquiſe, je ne
veux point vous contraindre, comme elle
eſt riche, & que je ne la ſuis pas, elle con-
ſent que vous me rendiez mon bien ; il y a
un Notaire là dedans, cedez - moy toutes
les pretentions que vous avez, il n'y a
rien à dire là deſſus, que oüy ou non.

LA MARQUISE.

Gardez-moy vôtre cœur, & donnez luy
le bien, voilà le devoir, & l'amour contente.

ARISTE.

Les choſes ont changé, Madame, je ne
ſuis plus que depoſitaire du bien, & Monſieur qui eſt vrayement homme d'honneur,
vient de me declarer que le deffunt m'en-
gage à certaines reſtitutions ſecrettes.

LE CAPITAINE.

Secretes, oüy.

ARISTE.

Il faut être équitable avant que d'être li-
beral.

LE CAPITAINE.

Cela est vray.

ARISTE.

La volonté des mourans est une loy in-
violable.

ANGELIQUE.

Hé bien, ma tante, estes-vous convaincuë ?

FROSINE.

Vous en faut - il davantage ?

LA VEUVE.

Non, mais j'avöüe qu'il ne m'en falloit
pas moins pour me faire croire toutes les
indignitez que vous m'avéz dit de luy,
vous estes le plus détestable homme....

ARISTE.

Me voilà justifié, sortons d'icy.

LE CAPITAINE.

Tout à l'heure.

ARISTE.

Qu'attendez - vous ? allons.

LE CAPITAINE.

Un peu de patience.

ARISTE.

Allons, Monsieur, allons donc;

LE CAPITAINE *le prenant par le poignet.*

Il me prend un remord de conscience, mon cher amy, il me prend un remord d'avoir fait si long-temps le fripon pour gagner vôtre amitié.

ARISTE *voulant fuyr.*

Je suis trahy.

LE CAPITAINE *l'arrête par le bras.*

Ne m'abandonnez pas dans mon repentir.

LA VEUVE.

Que je vous ay d'obligation, Monsieur, de m'avoir delivrée d'un tel scelerat.

VALERE.

N'insultez pas mon vray amy.

ANGELIQUE.

Délivrez-nous d'un objet odieux, laissez-le aller.

SCENE

SCENE DERNIERE.

FLAMAND, LA VEUVE, FROSINE,
ANGELIQUE, VALERE,
LA MARQUISE.

FLAMAND.

C'Est donc tout de bon que mon Maître n'est pas honnête homme.

FROSINE.

Puisque mon bon amy Flamand nous a servy à démasquer nôtre fourbe, il faut le recompenser en me donnant tout à luy.

LE CAPITAINE.

Oüy, il est juste que ce mariage se fasse aux dépens de la succession.

LA VEUVE.

O ! il est tout content, graces à Monsieur.

LE CAPITAINE.

Je vous ay promis, Madame, de vous rendre tout, mais ce sera pour marier Angelique à Monsieur qui est galant homme.

LA VEUVE.

Tres-volontiers.

K

LA MARQUISE.

Embraſſez-moy, ma bru.

LA VEUVE.

Voilà ce qui s'appelle un vray homme d'honneur.

LA MARQUISE.

Et le conſtraſte d'un faux homme d'honneur.

FIN.

LE DOUBLE
VEUVAGE,
COMEDIE.

Par Monſieur du F.***

A PARIS,

ChezP IERRE RIBOU, proche
les Auguſtins, à la deſcente du
Pont-neuf, à l'Image S. Louis.

M. DCCI.
Avec Privilege du Roy.

www.ingramcontent.com/pod-product-compliance
Lightning Source LLC
Chambersburg PA
CBHW060831250626

47162CB00005B/2028